m

阅读之前 没有真相

午夜文库 ——————

瓦斯灯

[日] 连城三纪彦 著

吴春燕 译

新 星 出 版 社　NEW STAR PRESS

目 录

1   瓦斯灯

29   花衣之客

67   火 焰

99   火 箭

135   致亲爱的 S 君

瓦斯灯 ————————

还有几针，浴衣就缝好了。此时，阿峰突然停住了手。

夏日黄昏，房檐上方，乌云低垂，骤雨将至。指尖虽已裹上淡淡暮色，手却并非因此而停下。

十八岁时，她嫁到这个位于双叶町的当铺之家。丈夫佳助颇有出息，生活并无困顿之处。不过，只要邻里有求，她也会接些针线活补贴家用。可就在四年前，佳助醉酒后杀死一名赌徒，进了监狱。之后，阿峰便一人带着年幼的女儿，靠着手中这根针维系生计。佳助被判入狱五年，当时她想着无论如何得守住当铺，等待丈夫归来。可虽说已经嫁来十七年，没料到大难当头时，邻里如此薄情。最终在与狱中的佳助商量后，将当铺转让他人，阿峰则带女儿回深川的娘家等候丈夫出狱。父母已故，亲人仅剩在木场照料来往行人的叔父，但下町^①里人情深厚，阿峰像离婚后返回娘家的女儿，在儿时居住的大杂院中开始生活，周围邻里待她一如往昔。母亲在世时，就一直承蒙位于主干道的绸缎庄"市善"的关照，如今市善的人也盛赞阿

①小工商业区域。

3

峰"不愧是阿民的骨肉，缝边手艺举世无双"，交到手上的活计令阿峰母女衣食无忧。

今日，阿峰将上午缝好的一件丝绸外褂送到市善时，在店头摆放着的男子浴衣布料中，蓦然看到一款淡茶底色、深紫色方框图案的料子，随即以格外便宜的价格买下，一回家便上紧缝制起来。

丈夫入狱后，每年一到风儿将河畔树木那刺鼻到恼人的气味吹来的时节，阿峰就会买回新的布料，为丈夫缝制衣衫。

衣服做好了，却没人穿。到去年为止做好的三件，如今都沉睡在柜子深处。一到夏天，阿峰就莫名地思念丈夫。肌肤的炽热不单因为酷暑。黄昏时分，坐在廊下，茫然望着不足两坪的后院，尽管周遭暮色笼罩，似乎融进了茂密的青草，身体却从内部燃烧起来。

为了平息这份燥热，阿峰便拿起针线，为狱中的佳助缝制浴衣。是前年的事吧。当质地凉飕飕、触感光滑的浴衣碰到肌肤时，阿峰倏地敞开衣衫，将缝至半途的衣袖带着针贴到了胸上。此时，隔壁的阿常刚好进来，那一幕好生尴尬！

不过，今年手中的针不同于前几年。在市善一看到那块料子，阿峰就决定要为阿安做件衣裳。

阿安名为仓田安藏，和阿峰是在一个大杂院一起玩大的发小。阿峰到了被唤作"姑娘"的婚配年龄时，邻居们都觉得她会嫁给安藏，阿峰本人也对此深信不疑。事实上，十八岁那年的春天，两人已私下约定秋天就结为夫妇。可就在之后不久，

4

阿峰却因为某件事不得不嫁去现在的夫家，最终背叛了安藏。

在确定返回离开了十几年的老家时，阿峰最在意的便是安藏的反应。

阿峰出嫁后，安藏也成了家，但他的老婆由于产后身体恢复不佳去世，搏命生下的独子也在四岁那年掉入河中溺亡。如今安藏在木场的后边独自一人生活。他不时帮木场里的木材加工厂做些事，但主业是一名点灯夫，即傍晚时分点亮这附近到日本桥一路的瓦斯灯，清晨时分再赶紧去一一熄灭。

听说安藏也负责点亮大杂院一角的瓦斯灯，早晨和傍晚时分阿峰便不敢出门。夜里，走在大路上，瓦斯灯的亮光好似连成串的珍珠在闪耀，阿峰会突然生出眷念之情。这些灯都是阿安点的啊！无论发生什么，若当初与阿安如愿结为夫妇，两人现在会过得很幸福吧。然而，一想起每次去狱中探视时佳助那日渐消瘦的脸庞，阿峰便克制住这戳心的懊恼，反过来安慰自己：安藏肯定还在恨我吧，事到如今也没脸见他呀。

那是去年晚秋时分。正午，阿峰茫然地走在电车道上，突然从上方传来一个声音，"不会是阿峰吧"，阿峰抬头便看到了一张笑脸。原来是安藏正趴在梯子上给瓦斯灯点火。"等我一下，就好了。"安藏已年近四十，十多年未见，他的黑发中已然混杂着丝丝白发，但细长清秀的眼睛依然闪烁着往日的光彩。"阿安。"姑娘时对安藏的称呼竟脱口而出，"怎么回事嘛，傻不傻？这个时候点灯。""不是，点火口有点毛病，我来修一下。"之后两人默契地一同朝过去经常光顾的荞麦面馆走去。

饭还没吃完，阿峰就讲完了自己这十几年来的境遇。"你丈夫很快就能出来了，坚持一下，别泄气！若有什么要男人干的活计，我随时可以帮忙。"安藏说话还和从前一样亲切。大概每日早晚两次、跑三里路去点灯熄灯的缘故吧，他宽阔的肩膀和魁梧的身躯丝毫不见老去的痕迹。十六岁那年，因感冒发烧，阿峰曾被这个宽厚的后背背着去看医生……阿峰不由得想起姑娘时代的种种回忆。"对了，这阵子房子漏雨漏得厉害，有空时能帮我修一修吗？"临分别时，阿峰突然对安藏说道。第二天，安藏就带着工具爬上了房顶，之后便隔三岔五地顺道过来，帮阿峰修补这个破旧老屋的角角落落。

"让你丈夫同意离婚，和安藏重修旧好怎么样？"隔壁阿常看到两人后认真地说。

"婶儿呀，别这么说！再有一年多一点佳助就出来了。您这么说，安藏该不好意思来了。"阿峰虽然用爽朗的笑声打消了阿常的念头，可看到似乎没有听到两人对话、在土间①默不作声磨着刨子的安藏那宽厚的臂膀，阿峰感觉有种笑不出来的积郁堵在胸口。

为了感谢安藏平日里的关照，阿峰今天特意买回了浴衣布料。但在缝制过程中，她觉察到指尖充溢着一种去年为佳助做浴衣时没有的欢欣。她试图用每一针每一线填补上与安藏不曾共度的岁月。望向窗边的梳妆镜，镜中的眼眸熠熠生辉，仿佛

---

① 日本传统住宅中，玄关处与屋外相连的一小块空间，主要用于堆放农用器具和换鞋。

融进了针的光芒。安藏常来走动之后，变新的不只是家里的门窗与院子的围墙，如同寡妇般枯萎的肌肤也有了光泽，虽不擦脂粉，但两鬓散发出过去几年不曾有过的油脂香气。

十七年前就已破碎的梦，事到如今，用这根针也难再缝合了吧……阿峰突然叹了口气，用针尖刺了刺镜中的脸庞，接着做活儿。缝着下摆，就在还剩几针就缝完时，阿峰冷不防害怕起自己的心思来。

最后一针缝完时，自己或许已把所有心思都缝进了给安藏做的浴衣里吧。

针尖积聚起残留在薄暮中的所有阳光，闪闪发亮。与那亮光一样，阿峰心里也有个东西在忽明忽暗地闪烁着。

阿峰闭上眼睛，在暮色中一口气缝完了最后几针，将做好的浴衣随便叠了叠，搁到了房间的一角。

胡同里响起千代的木屐声，"我把安叔叔带回来了。"她欢呼着拉开了玻璃拉门。

千代是阿峰与佳助婚后十二年才得来的孩子。随她出生而来的喜悦才过须臾，佳助就进了监狱。千代连父亲的面容都不记得，如今已过五岁。或许是父亲不在身边的缘故，她特别亲近安藏。一到傍晚，就去街角等待安藏从日本桥回来。不过，今天是阿峰说有事，嘱咐千代请安藏顺道来家里的。

"什么事？"

阿峰冲着被千代拉进来的安藏应道："不是什么重要事情。"将手伸向浴衣，可这时被千代一句"安叔叔送了我一支簪子呢"打断了。定睛一看，在越发浓烈的暮色中，千代的桃瓣型发髻上插着一支淡红色的花状发簪。阿峰怔了一下。一边向安藏道谢，一边拉近煤油灯。真不巧，火柴用完了。

"噢，刚好我忘了熄掉这个，用这个点吧……"

安藏将用于点灯的竹子点火棒隔着拉扇门框伸了过来。四尺左右的细竹筒前端有一个黄铜短管，从那里喷出蓝色的火苗。安藏将火苗对准灯芯，点亮了煤油灯。

千代凑到了点亮的油灯旁。酷似她父亲的白皙皮肤上，发际处隐约投下一朵花的影子。发簪是桃花的形状。阿峰若有所思，转过头去，但安藏的表情与平时无异，他说了句"火柴用完了的话，我就把这个留在这里吧"，便把点火棒倚在了土间的水缸旁，"就这么放着，可以一直燃到明天早上呢。对了，你说有事……"

"噢，房子背面的檐廊地板松动了，我想着你有空时能不能帮我修一下……"

阿峰就这么笑着敷衍了过去。

那晚，正要躺下时，阿峰拿起了千代睡前郑重其事摆在枕边的簪子。一触到簪子的花瓣，那段难忘的往事就在指尖复苏了。

那已是三十年前的事了。在与千代差不多的年纪，安藏送给过阿峰一支一模一样的桃花簪子。小时候，大家都说安藏手脚不干净，阿峰年纪虽小，心里却也明白这是安藏偷来的，但她还是特别高兴，用香粉纸包起来，藏在了谁也看不到的地方。她会不时跑去大杂院前边的弁天神像那里，偷偷在水池边照出自己插着簪子的模样。可是，之后不久，安藏被发现偷了房东家的钱，因此被父亲狠狠教训了一顿。阿峰害怕极了，就在那天，将簪子丢进了水池里。后来，安藏听阿峰讲了此事，不由得怒骂阿峰"蠢货"，还用气得发抖的手推倒了阿峰。

阿峰至今都无法忘记安藏当时那又生气又难过的眼神。三十年前的那支桃花簪分毫不差地叠在了这支簪子的上方，不知不觉间，阿峰已对着梳妆镜将簪子插进发间。三十多岁女人的凌乱圆形发髻与纤细稚嫩的花瓣毫不相称，即便如此，在煤油灯的亮光中，不仅能看清那朵簪花的颜色，甚至连气味都浮现出来。阿峰回想起倒映在弁天神水池里的儿时面孔。儿时阿峰的面容，虽然只能在池面那张水镜上映出瞬间，随即就消失在细碎的波光中，但花的颜色永久地浸染上了阿峰心底的涟漪。

循着花簪的颜色，阿峰在镜中的脸上寻找三十年前的自己，结果却看到了千代的脸。因为皮肤白皙，总觉得千代像父亲，但从作为女人来说过于浓密的眉毛和单眼皮的眼睛来看，其实千代原原本本地复制了自己。

或许是因为在千代的脸上突然看到了三十年前的自己，安藏在发现同样的簪子后才想要买下来的吧。安藏心中也深藏着经年不变的深情吧。

与闷热天气无关的别样燥热在阿峰的心底扩散，发觉镜中的自己已满面通红时，阿峰不禁摇了摇头，仿佛要拂去镜中的那张面孔。"叮"，簪子落在了榻榻米上，发出清脆的响声。

宁静的夜晚，那余韵久久回荡在空气中，簪花与花影也鲜明地浮于夜色之上。花瓣上缠着一根阿峰的头发。细细的头发被花的艳丽夺去了色彩，显得格外干枯。

阿峰突然笑着叹了口气，随即钻进蚊帐，熄了油灯。土间里，萤火虫般的小火苗依然亮着。

那是傍晚时安藏留下的点火棒。果真能亮到早上吗？阿峰任由它立在那里。夏日深夜，土间一片漆黑，小小的火苗却始终燃着。

阿峰背叛安藏，嫁给佳助的起因是两百块钱。十七年前的那个春天，作为木材经纪人的阿峰的父亲某日收完货款顺路回了趟家，钱袋子只在门口的窗台上放了一两分钟，竟被人偷走了。那时，两百块是笔巨款。若公开被盗一事，势必会丢掉工作，因此只有大杂院里的邻居知道此事。父亲一筹莫展，便拜访了那阵子不断托人来提亲的双叶町当铺的少东家，求他无论如何帮忙凑些钱，哪怕一半也好。少东家当场给了父亲两百块，但作为交换，提出想娶阿峰为妻。这位少东家就是佳助。父亲苦苦哀求，阿峰只能默默应允。阿峰怀着对安藏的深深歉疚，以卖身般的心态嫁给了佳助。佳助人不坏，只是从结婚那天起，他就喜欢喝完酒了耍酒疯，这也最终导致四年前那次事件的发生。不过佳助能干，待阿峰也好，在一起生活的十三年绝对不能说不幸福。然而，与安藏重逢，从那个自小就熟悉的人身上突然感受到了内心的安宁后，阿峰有时便会疑惑，佳助为何从未给过自己这样的感觉，与佳助在一起的十三年岁月怎会如此空洞。她甚至暗忖，是不是就是那两百块钱将自己与佳助捆绑在了一起。不过，这个念头一起，她就会责怪自己。不，佳助也很好，为了自己，为了这个家，他一直在努力。可无论怎样，阿峰都无法改变自己的想法，比起佳助出狱的日子，她更期待安藏的脚步声，哪怕安藏才几日没来。由于无法按捺住自己这种混账念头，今年她去监狱探视佳助去得更勤了。

给安藏做好浴衣的四天后，阿峰又去了监狱。又过了十天的下午，阿峰抱着某种决心出了门。她牵着千代的手，先去了木场的叔父那里，回来的路上去了安藏家。安藏住在六间狭长陋屋连在一起的大杂院内，他家是其中一间。说是家，其实只是个用木板搭建起的简陋空间。这是她第一次去安藏家。虽然下了决心，可真要去时又犹豫起来。阿峰手里折着一根柳条，蹲在河边眺望远处的白云。"快点去吧。"最后，还是被千代拉扯到了安藏家门前。

"虽然不是什么像样的房子，但也快进来吧！"

安藏正在土间刨刚砍下的木头。阿峰跨过门槛，随即在门口的横框①上坐了下来。

---

①房屋入口的下框处安的横木。

"新木的气味真好闻……"阿峰喃喃自语。

"旧木也有旧木的香味。"安藏应道，"有事？"

"没啥事，刚从叔父那里回来……好像要下雨，就顺路过来了。"

"这种天气，雨下不来吧。"安藏不经意地看了看天空，笑着说。两人随便聊着，房间里眼瞅着就暗了下来。突然，雷声大作，房顶要被劈开一般，雨随即落下。豆大的雨滴落入水沟，仿佛有活物在里面跳跃。

"真的下起来了。夏天的天气最靠不住了。说起这个，我记得阿峰从前很会占卜天气呢。"

"……天气这东西，会占卜也没啥用啊！"

就像小时候占卜天气时那样，阿峰将脚上的一只木屐抛向土间的角落。木屐底朝上落在了地上，磨秃的鞋底暴露在外。轰隆隆的雨声中，阿峰翘起从裙摆下伸出的脚，茫然地望着底朝上的木屐。

"啊，对了。是叫阿信吧，你那去世的老婆。让我给她上炷香吧。"

阿峰上到连着土间的四叠半大的榻榻米上。最里面的三叠上摆着几件家具。说是家具，其实只有一个衣橱和一张矮脚餐桌，再就是有一个木箱。木箱上面放着一个小小的佛龛。佛龛上的油漆涂得有些粗糙，兴许是安藏自己做的。佛龛里摆着一大一小两个骨灰罐和两个牌位。阿峰坐下来，恭敬地双手合十。两个牌位并排立着，如同母子二人的身影。阿峰觉得那仿

12

佛就是如今的自己和千代，曾因两百块钱使安藏陷于不幸，如今，不幸又回到了自己身上。

安藏从木箱里拿出玩具，跟千代一起玩耍起来。木箱里的玩具应该是安藏儿子的遗物。阿峰回到土间，坐到了窗边，心里有些别扭。"来你家避雨真避对了呢！……其实，下不下雨我都会来……因为有话对你说……"阿峰一口气咕哝了好多。对着只是转过头的安藏，她努力维持着一直强撑出的笑脸，毅然决然地说道："我丈夫……佳助说想和我分开……他有别的女人了，以前我就隐约感觉到了。他说想跟那个女人一起生活……今天我去找叔父商量这事……叔父也说为了千代，最好还是……"

接着，阿峰就道出了事情的始末。那女人她也认识，艺伎出身，现在是一名教唱小曲儿①的师傅，佳助会与赌徒打架也因那女人而起。那女人有门路，去监狱比她去得还勤，即便是入狱这四年，佳助也在背叛她。有些事，一旦开了头，就像大雨倾注，会毫无保留地全盘托出。安藏与千代来回击打色玉②的声音透过雨声传了过来。

"佳助也说，如果我有合适的人，就同那人在一起吧……这样他也就放心了……可是……会有合适的人吗？"

阿峰沉默了下来，望着外面倾盆而下的暴雨。窗外，牵牛花的叶子被细细密密的雨脚打得七零八落。

①江户时代末期，从短歌中分离出来，由三味线伴奏的乐曲。
②一种儿童玩具。

13

千代投出的色玉偏了方向，滚到了阿峰脚下。阿峰用脚掷了回去，在千代接住之前，安藏伸手从榻榻米上方截住了。

　　"千代说，想要一个安叔叔这样的爸爸……"

　　安藏默不作声，倒是千代"嗯"地点了点头。插在发间的花簪摇动，发出几乎被雨声遮住的细微响动。

　　"那支花簪……阿安你还记得吧。很久之前的事了呢。我告诉你我把它丢进了池子里，你很生气……佳助虽然对我也很好，但我从没见他那样气恼过。"

　　阿峰说着说着，泪水便涌进了眼眶。这十几年，那支沉入池底的簪子，其实也沉潜在她与佳助的生活中。之所以经受住了丈夫坐牢的打击，就是因为心底永远珍藏着安藏送的那朵花吧……就像被雨声催促着似的，阿峰吐出了所有心里话，可安藏一直沉默地背对着她。或许是生气了吧，无论他发火还是笑话自己，都无所谓了，阿峰心想。

　　"就像这雨一样，过去的事情就让它过去吧……"

　　安藏将一只竹蜻蜓掷向空中，当作对阿峰的回应。竹蜻蜓搅动着淡淡的暮色，飞向房间深处，千代欢呼着追了过去。

　　"天黑了，点上灯吧。"刚刚站起身的安藏又坐了下来，将身体转向阿峰，冷不防说道，"小时候，有个'昼行灯'①，你还记得吗？"

　　"嗯。大白天提着灯笼到处走的那个人。"

---

①白天提灯笼，意指傻子。

那个衣着随意、脸涂得煞白、提着灯笼在大路上溜达的男人。可能脑子有问题吧，孩子们总凑到一起嘲笑他，说他那张涂成白色的脸也是灯笼，于是喊他"昼行灯"。

"……那个男人现在怎么样了？"

"死了。十年前被马车轧死了。当时也提着灯笼……我还是小孩时他就那样，二十年呀，每天都在大白天提着灯笼出来……不过，可能那就是他的生活吧。我最近常想，为什么小时候总笑他呢？"

安藏咧开嘴笑了笑，一声不响地从木箱里拿出一个竹筒望远镜，贴在眼部，扭过身体，将望远镜朝向阿峰的脸。隔着竹筒口的玻璃，阿峰看到安藏的眼睛像锥子一样刺向自己。与其说尴尬，其实阿峰更觉害怕。她垂下眼帘，瞅着榻榻米，问安藏："看什么呢？"

"用望远镜看近处，什么也看不到啊……"

安藏放下竹筒的同时又转过身去，再次背对着阿峰。

"刚刚都是你的心里话吧。那我也说说自己的真实想法吧。十八岁那年，你背叛我，选择了现在的丈夫，不是因为两百块钱，而是看上了对方的家世。因为做了当铺家的太太，就可以从苦日子里逃出去。你走后，我发了疯似的喝酒。你听说了吧，听说后有过一点心疼吗？我倒是听说你和丈夫恩爱得很呢。"

安藏的双肩一直在抖动。听着他近乎悲愤的声音，阿峰猛然想起小时候安藏推倒自己时的那双眼睛。

"如今，因为丈夫入狱了，你就说要将过去全部抹去。你根本不懂男人。你已经不是从前的你了。跟别的男人过了十几年，身体比妓女还脏。混账！你把我当什么了？"安藏低声怒吼。然而，那声音随即又像紧绷的丝线突然断裂了似的，瞬间变成一句喃喃细语，"我可以。"声音轻得几乎听不清楚。

阿峰惊愕地转过头，看到安藏佝着背坐在那里，仿佛被自己的愤怒击垮了。

"……可以……是指……"

"……你刚刚说的……你丈夫说那样也可以的话，我可以。"

声音从垂下的脖颈与肩膀的缝隙间传来，听上去好似从纸气球的裂缝中漏出的空气。安藏那突然佝下的背真的就像一只破裂的纸气球。

"阿安——"

阿峰终于叫了一声。雨声依旧。千代回到土间，一次又一次地放飞竹蜻蜓，兴致盎然。阿峰的手支在榻榻米上，突然，手边落下一颗雨滴。一颗、两颗……雨滴一颗接着一颗，像墨汁一般滴落，濡湿了阿峰的手，但阿峰一动不动地凝视着安藏的背。这个过去曾背着自己奔向医生的脊背，垂下来时，已能明显看得出年近四十，后颈的短发间也掺进了白发。这一年，在安藏身上看到的那一如往昔的活力与朝气，也是由深埋内心十七年的怨恨与辛酸而生的倔强吧。他坚持着那份倔强，拼命坚持着。"我可以"，但这句心里话终究还是从倔强的裂缝间漏了出来。阿峰觉得自己什么都明白了。自己的自私令安藏生气，安藏生气，所以背对着自己，最后却还是点头说"我可以"——

竹蜻蜓碰到了安藏的肩膀。他把跑到身边的千代抱在膝上。"有件事我一直想问问你呢。"说着他回过头来。

"你爹的两百块钱被盗之后，阿峰，你也怀疑是我吗？"

"怎么啦？现在又提起这事……"

十七年前，那笔改变阿峰人生的钱被盗之后，其实大杂院的人都觉得安藏可疑。钱恰恰就在父亲离开的那一会儿被偷走了，肯定是大杂院的人干的，这对小时候就手脚不干净的安藏很是不利。当时安藏虽已成年，可就在五六年前，还被怀疑偷了木屐店的桐木木屐，差点惊动警察。大家都没明说，但私下都认为是他干的。老实说，听说钱被偷后，阿峰首先想到的也是安藏。但是，即便真是安藏偷的，若他知道阿峰将因此不得不嫁给别人的话，无论如何都会把钱还回来的。阿峰不认为是安藏偷的。那阵子，阿峰只是因为背叛了安藏，心里难受，故意躲着安藏而已。结果两人几乎没再说什么，阿峰就嫁去了双叶町。安藏大概因此误解了阿峰，以为阿峰的冷淡是怀疑自己偷了钱。出嫁的前一日，阿峰去邻居家告别，看到了在井边洗脚的安藏，他倔强地挺着脊背，一如今日。第二天，阿峰身着盛装，登上前来迎亲的车子时，没有再看到安藏的身影。

"怎么会怀疑你呢？我最了解你啊，你也知道，我是不会怀疑你的。怎么现在又提起这个？"

听了阿峰的话，安藏过了一会儿才应道："也没啥。"接着对千代说："明晚弁天神那儿有庙会，咱们一起去，好不好？"

千代的笑声与不知何时缓和下来的雨声交织在了一起。两三只麻雀飞来，在巷子里嬉闹，羽毛上闪着晶莹的露珠。

秋风起，大杂院角落的芒草结出白穗时，安藏每日点完灯就会顺路过来一起吃晚饭了。阿峰也是，一有空就去安藏家，像女主人一样洗洗擦擦，照料安藏的生活。虽然对大杂院的邻居什么也没说，但似乎有人察觉到了什么，讥讽阿峰最近变年轻了，看上去像是三十岁都不到……饭菜虽然粗陋，但三人围着矮脚餐桌吃饭的场景，有时会让阿峰陷入一种幸福的错觉，仿佛很久之前三人就是一家。阿峰请求安藏等来年春天佳助出狱后再开始一起生活，安藏也答应了。安藏想去见见佳助，但阿峰说："我已经跟佳助说好了，佳助也很高兴，说这样他也就放心了，你就别再担心什么了。"

家里不断传出千代的笑声。

然而，九月过半的某一天，千代抽泣着回了家，后面还跟着一位年过五十，自称在日本桥经营女性日用小百货的男人。男人说千代头上的簪子是七月份店里丢的，自己今天来拜祭这附近的弁天神，碰巧看到了在神社院子里玩的千代。他说那簪子是专门拜托京都的手艺人做的，同样的簪子不会有第二支，那语气俨然就是怀疑千代偷了东西。阿峰一下子想到了什么，于是付了六十钱的簪子钱，把男人打发走了。阿峰哄了哄抽噎的千代，嘱咐道："这事别对安叔叔讲哦。"此时，阿峰自然想到了安藏。

说是手脚不干净，但也只是孩子的恶作剧吧，直到现在阿峰还那么觉得。可都到了这个年纪，还没彻底改掉，难道是天生的毛病吗？不，不是那样的，那支桃花簪并不是给千代的，而是买给千代脸上映出的小时候的自己吧，阿峰自作多情地想。可如今的安藏没道理拿不出六十钱，为何还这么不舍得？一想到这里，阿峰感觉自己窥视到了安藏不为人知的另一面，心里不免有些难过。也可能只是店主搞错了吧。阿峰差点就想追问那晚也来家里的安藏了，可看到他高兴地拨弄千代发簪的样子，却怎么都开不了口。阿峰决定忘掉这件事，什么也不问了。绝不能因为这么件小事，让好不容易与安藏重新建立起来的关系再变得别扭起来。

九月底到了，就在阿峰快要忘掉这件事的时候，台风来了。白天，天气酷热，让人无法相信前些天刮的是秋风。到了晚上，居然狂风大作。夜越深，风越猛，后院的围墙在暴风雨中轰然倒塌。阿峰紧紧抱着吓坏了的千代，切身体会到只有女人的家多么脆弱无依。就在这时，全身湿透的安藏来了。他太担心母女二人，顶着暴风雨来了。只是看到那张脸，阿峰就感觉暴风雨声变柔和了。安藏立刻往雨窗上钉了钉子，忙活了好久。佳助从未给过自己这种体贴与踏实的感觉啊，阿峰再次感受到安藏待自己的好。

安藏一夜没合眼，风停雨霁后，一早就回去了。台风彻底吹走了夏日的余热，万里无云，碧空如洗，秋天来了。午后，阿峰去木场安藏家收拾。不出所料，安藏家门上的玻璃碎了一地，榻榻米也被雨水浸透了，一片狼藉。他竟然置自己家于不顾，去守护她们母女。可他人这是去哪儿了呀？也不管自己家里乱成这个样子。阿峰一边寻思，一边着手从倒下的佛龛开始收拾。想要将撒出的香灰放回香炉里时，手滑了，将大小两个骨灰陶罐中大的那个打落在地。罐子似乎本来就有裂痕，这下摔成了两半。里面装的应该是安藏去世的老婆吧，骨头散落在榻榻米上。阿峰感觉自己闯祸了，赶紧捡起骨头，包进纸里放了回去，突然又注意到从骨灰罐里落到榻榻米上的铜板和纸币。铜板上锈迹斑斑，纸币上也有挺多污渍，看上去特别旧。这是什么钱？阿峰呆呆地望了一会儿，随即用颤抖的手开始数，纸币与铜板加在一起刚好两百块。

那一刻，阿峰决定假装什么都没看见，把钱扒到一起。她甚至忘记骨灰罐被打破了。可就在此时，脚步声传入耳中。回头一看，安藏站在门口。

"你来啦。瓦斯灯被吹得东倒西歪，刚去看了看……"

安藏的脸一下子变得煞白。他看到了从阿峰手中滑落的纸币。阿峰的脸比安藏还要惨白，她咕哝了一句："这……"原本想说"这也没什么"，可后面的话却没能说出口。阿峰跑下土间，完全不记得自己是怎么穿上木屐、怎么跑回了家里。只记得走过安藏旁边时，她本想冲他笑一下。她一口气跑回家，甩掉木屐，一坐到榻榻米上就用双手捂住了脸。仿佛自己在偷东西时被抓了个正着似的，羞愧难当，面颊滚烫。何止羞愧，连一路狂奔引起的急切喘息此时也化成了愤怒与悔恨。

纸币和铜板都很旧，肯定是十七年前被偷走的那两百块钱。记得父亲说过，纸币和铜板各一半，这点也对得上啊。首先，安藏生活穷困，若不偷窃，不可能攒得出两百块钱。原以为是自己背叛了他，没想到十七年来一直被辜负的是自己。阿峰想起那个夏日傍晚安藏对自己的痛斥，两百块钱明明是他偷的，他明明知道自己因此将不得不嫁给佳助，竟然还能说出那种狠话来。嫁进把自己看成价值两百块钱抵押品的当铺之家，阿峰当初也恨过佳助，现在想想，还是佳助比较诚实。可佳助也不会回到自己身边了，自己的不幸实际上都因安藏而起……愤怒在阿峰胸中上下翻滚，难以平息。此时，千代刚好回来，看到千代发间摇动的花簪，阿峰忍不住伸手拔出，用力砸向了土间的一角。千代慌忙捡起，不知所措地望着母亲，仿佛要从母亲愤怒的眼神中保护那支簪子一般，将它紧紧抱在胸前。阿峰给了千代十文钱，交代道："不许再戴这支簪子了，用这钱再买一支喜欢的吧。"

　　"可是，安叔叔……"

　　"安叔叔暂时不会来了。那支簪子也得还给安叔叔。"

　　说完，阿峰想起千代的小伙伴里有一个叫源太的孩子很会爬树。

　　"让小源把那支簪子系到瓦斯灯的高处吧，这样安叔叔看到就会自己处理了。"

　　阿峰从一件紫色的旧衬衣上撕下衬领，递给了千代。千代依旧紧紧抱着发簪，但似乎察觉到母亲的神情非同寻常，便默

21

默地点了点头，向上瞟着的眼睛里闪出一丝对母亲的不满。

如阿峰所料，安藏不再来了。阿峰本想将簪子同那日傍晚受到的斥责都还给安藏。安藏肯定发现了系在瓦斯灯上的花簪，由此明白了自己的心思吧，阿峰暗自思忖。半个月过后，阿峰感到自己的怒气已被凉爽的秋风吹散了。不，就像暴风雨一样，愤怒仅仅在胸中肆虐了一晚，第二天阿峰就不忍心责怪安藏了。自己才是被辜负的一方啊，尽管想到这个，阿峰胸中还会燃起一丝余怨，但十七年来，安藏内心的愧疚与悔恨肯定超过了自己。老毛病没忍住，偷了那两百块钱，竟然引起如此大的麻烦，想要承认的时候为时已晚。安藏没那么差劲，两百块钱之所以一分未动地放到了今天，是因为他一直都觉得愧对自己。就像两百块钱一分未动一样，十七年来，当年偷钱留下的愧疚与悔恨，在安藏心中也从未减轻过一分一毫。安藏就是这样的人哪——

然而，过去的事情不会因此都随风而去。是啊，或许安藏说声对不起，自己就不会在意了，但安藏可能无法如往常一样，再若无其事地出现在已经知道真相的自己面前了吧。阿峰心里清楚，安藏就是这样的男人哪。而且，随着时间的推移，在阿峰的记忆里，当时从骨灰罐里撒出的安藏老婆的骨头，比那时看到的两百块钱还要清晰。阿峰甚至在想，是安藏死去的老婆不愿丈夫与自己重修旧好，才让自己看到了那两百块钱吧，她或许希望借此断了两人的姻缘吧。到了傍晚，阿峰尽量不让千代出门，自己也开始避免在早晨和晚上外出了。

安藏突然不来了，大杂院里的邻居，尤其是阿常，都很纳闷。十月底时，阿常先说了句"我一直觉得发生了什么，果然是"，接着告诉阿峰，安藏最近要将一位点灯夫同事迟迟未嫁的妹妹娶进门。阿峰心里一阵难过，但随即就笑了。"阿安不喜欢别的男人碰过的女人呢。"

　　"我原以为刀会回到原来的鞘中呢……你俩那么情投意合……"

　　阿峰笑了。"婶儿，刀生了锈，就回不去原来的鞘了。"

　　阿常颇为善解人意地说："听说瓦斯灯已经不时兴了，到处都在拆。安藏都那个岁数了，接下来还能有多大出息呢？除了做木工之外也没啥能干的了吧。想想将来，跟了安藏也不一定幸福……走着瞧吧，以你的相貌，肯定能找到更好的人家做填房。"阿常安慰着阿峰，她以为是安藏厌烦了阿峰。千代年纪虽小，似乎也察觉到了什么，最近也不怎么提起安藏了。可就在那天，千代一回到家就说："安叔叔还没发现那支簪子哦。"

　　那晚，夜深人静时，阿峰来到了大路的拐角处。仰望天空，不见月亮，夜色茫茫，唯有阵阵秋风吹过。瓦斯灯发出的光飘浮在深秋寂静的夜空中。系在灯下的花簪，只有花朵在亮光中闪烁，远远就能看到那淡红色的美丽光芒。阿峰用簪子向安藏宣告了两人的分别，然而，看着系在灯下、浮在夜中的那朵花，阿峰觉得即使现在缘分已尽，但幼时的两人依旧紧紧依偎在遥远的记忆中。千代不说，阿峰也能猜到簪子还系在那里，安藏也是看到后任由它系在那儿的吧。今天点火时，安藏也同自己一样，发现了那朵花的美丽吧。瓦斯灯的宁静沁入阿峰心底，听闻安藏即将再婚后就一直起伏不定的心绪终于因此平静了下来。就这样，她和安藏真的结束了。与十七年前一样，两人默默斩断了连接彼此的情缘。阿峰怀念着那快乐的两个月，将它收进了早已远去的童年回忆里，独自兀立在夜色中，久久凝视着闪亮的瓦斯灯。

　　腊月到了，接近年关时，阿峰嫁到神田和服批发店做填房的事匆忙说定了。对方年近五十，二十年前妻子还未生养就病故了，之后一直单身一人。在市善他不时见到阿峰，今年春天起特别关注起来，秋天快结束时托市善的老板正式提了亲。佳助的事情对方全知道，还说尽管千代身上流着杀人犯的血，但孩子终究无罪，很愿意阿峰带千代一起过去。阿峰也因此下定了决心。那人的确很好，如今已经把千代当成自己的孩子疼爱了，千代也格外喜欢这个新父亲。和服店铺面虽不太大，但规模不小，光工人就有八个。"看，我没说错吧。"阿常很为阿峰高兴，好似自己遇了好事。阿常说安藏也是一过年就会将填房娶到家。夏天约好结为夫妇的两个人，才过了一个秋天，就各奔东西了，阿峰深深感慨缘分的无常。缘分这东西，真是既有孽缘，也有善缘哪。不管安藏出于何种原因如此匆忙地决定再婚，跟那个女人生活应该会比跟自己在一起幸福吧。

　　婚事正式定下来的那天，阿峰亲手将系在瓦斯灯上、风吹雨淋了三个月的簪子取下来，丢进了弁天神前的水池里。对安

24

藏的回忆，在五岁那年的夏天与这个夏天，相隔三十年，与两个花型相同的簪子一起沉进了池底。这个夏天发生的事似乎已经过去了很久，虽然怀念，但并无留恋。不可思议。

对方依从阿峰的意思，将婚期定在了来年春天。和服批发店的老板丧偶二十年未娶，这次结婚高兴得如同初婚一般，送的彩礼很有排场，安藏不来后一度冷清的家里再度热闹起来。与这寒酸之家毫不相称的结婚用品都系着红白相间的花纸绳，阔气地摆在房里。

阿峰本以为和安藏不会再见了，没想到还有三天就到除夕的时候，从外面一回来就听阿常说安藏来过，留下了这个，说着递来一个鲨鱼图案的方绸巾包裹。方绸巾里包着一个钱袋，里面塞着些纸币和铜板，正是九月末见过的那两百块钱。安藏肯定是在听说阿峰要成亲的事后，也想为这十七年做个了结，才来归还这个的。可这钱对阿峰早已没有用处了。傍晚，阿峰让千代去街角还给了安藏。千代回来后说，安藏接过包裹后什么也没说。第二天晌午，阿峰正在点炭火时，安藏又拿着钱来了。

三个月未见的安藏穿着短褂，"我来给前边的瓦斯灯点火，顺便……"与从前一模一样的声音。说完悄悄将昨日那个方绸巾包裹放在了门槛旁。

刚刚透过窗棂看到他在巷子一角支起梯子和点火棒的身影时，阿峰心里还怦怦直跳，再听到这一如往昔的声音，三个月来的别扭顿时化为了乌有。"不用了，已经……"阿峰平静地随口应道，将那个包裹推回给站在土间的安藏，对默不作声的安藏又说了句，"真的已经不用了。"逼仄的房间里摆放着结婚聘礼，和服批发店老板特意为母女俩准备的同一花色的新年礼服也醒目地挂在衣架上。安藏瞟了一眼这些东西，很快收回了目光。他看着阿峰，再次默默地将包裹推至阿峰膝前。"真的不用了……一切都过去了。那会儿我是很吃惊、很生气，不过现在已经不觉得这钱有什么重要的了。想来这次成婚也像是托这钱的福呢。听说你也要成亲了，得添置东西吧，能把这钱派上用场就好了。我要嫁到日子比较宽裕的地方去，用不着这钱了。"阿峰又把包裹推回给安藏，包裹一碰到安藏的手，立刻又被推了回来。阿峰发现安藏的眼睛一直盯着自己，不由得声音严厉地说了一句："我不会收下的。"

"阿峰，这是给你的钱啊。"安藏终于开口了。

"过去可能是吧，就因为这个钱，我把身体卖给了佳助……不过，现在看来，和佳助的生活也绝不算不幸福啊……"阿峰还没说完，安藏就摇着头打断了她。

"不对，你收不收下都和我没关系，我不会再像小时候那样推你，可心里面，我就是想把这个钱甩到你面前。你一定认为这个钱是我从你家偷的，但我从来没有动过人家的钱。你可能觉得我这么没出息，一辈子也攒不出两百块钱，但这就是我在你嫁出去后的六年里攒下来的。我不仅点灯，还做木工，做苦力，拼命地干活。你因为两百块钱出卖了身体，不，不仅身体，你连心都卖给了别人，如果为了两百块钱，你连心都能卖

26

掉的话，我想我也得存够这么多钱，然后把它砸在你面前……我老婆快死时，如果能让她吃些贵一点的药，或许能得救，可即便那时，我也没动这笔钱。在我眼里，这笔钱比我老婆的命还重要……现在终于可以了。我一定要把这笔钱甩到你面前。"安藏激动地说着，双手却平静地将包裹推向了阿峰。方绸巾包裹只是稍稍碰了一下膝盖，阿峰却感觉痛得像被利刃划过。

"阿安，这么重要的事，你为什么不早说呢……"阿峰声音颤抖着说。

"你看到这两百块钱时就怀疑我了，是不是？十七年前，你家的钱被盗时，你肯定也怀疑过我。对我来说，被你怀疑，和真的偷钱没有什么不同。我小时候确实偷过东西，可长大成人后一次都没有偷过。"

"可是……"

阿峰摇着头，把脸转向火盆。

"阿安，之前的那支簪子，不也是从日本桥的女性百货店里偷来的嘛。我知道的。那个店老板来过家里……"

"噢，你知道了……可你知道了为什么不高兴呢？从前……小时候，你那么喜欢我送的簪子。"

安藏的声音一直很平静，说完这句话，没等阿峰抬起头就离开了，只留下玻璃门传来的吱嘎声。阿峰不停地摇着头，脸被炭火烤得通红。即便听安藏讲了这十七年来的心里话，阿峰也还是不知道该如何理解这两百块钱的真正含义。什么都搞不懂了。现在唯一明白的就是，十七年前辜负他人的还是自己，那个曾经被自己辜负过一次的男人，这次又被自己辜负了，而且是以一种无可挽回的方式。迟了，即便知道了安藏的真心，也已经迟了——本以为自己了解安藏的一切，甚至超过了兄妹与夫妻。这十七年间，自己一直在用望远镜凝视着遥远回忆中的安藏，而再次回到自己身边的如今的安藏，自己恐怕什么都没看到。如果告诉他，自己把这次的簪子也丢进了池子里，他还会把自己推倒吗？阿峰一动不动地呆坐着，玻璃门再次传来吱嘎声，是安藏回来了吧，阿峰不由得站了起来，随即看到哭丧着脸的千代。"安叔叔突然变得好奇怪啊！"

阿峰急忙趿拉上木屐跑到了大路上，茫然四顾。后天就是除夕了，街上行人比平时多出许多。隔着人群，阿峰看到就在几处房子的前方，安藏将点火棒高高伸向瓦斯灯的背影。

行人都站住了，诧异地看着这一幕。

安藏重复着同样的动作，将前方的几个瓦斯灯都点亮了。看到这里，阿峰终于明白了安藏在做什么。安藏在大白天点亮了瓦斯灯，一个接一个地点亮了。他奔跑在瓦斯灯灯柱下，用点火棒点着火，仿佛用针线将瓦斯灯连成了一串。动作敏捷得令人惊叹，从背影却可以清晰地看出他老去的痕迹。

阿峰抬头仰望街角处那曾经系过簪子的瓦斯灯，却看不出它是否也被点亮了，只有冬日的和煦阳光在玻璃灯罩上闪动着。其他的瓦斯灯也一样，在被安藏挨个点亮后，能看到的只有映照着岁末灰白色天空的玻璃灯罩。

阿峰闭上了双眼。在眼前的黑暗中看到了梦幻中的光亮。

花衣之客 ——————

"能给我倒一杯临终之水吗？从现在开始就用那个腊月……"

此时，紫津正望着病房窗外的樱花，听到饭仓的声音，她转过头来。战后的第二个春天，樱花完全不顾四周的荒凉，开得绚烂芬芳。离日暮还有些时间，但阳光已被丰腴的花瓣遮住，病房里变得有些昏暗。花影与死亡的影子仿佛重叠在了一起，饭仓的脸憔悴得可怕。过分美丽的樱花仿佛暗藏着魔力，那花的魔力似乎正将饭仓拖进死亡。

不——

暗藏着真正魔力的并非窗外的樱花，而是眼下自己身上的葱绿色和服裙摆上飘荡着的樱花……

"用这个？"

紫津将手中的茶碗放到了饭仓枕边。这是一只名为腊月的名品茶碗，饭仓说死前想再看它一眼，昨天给身在镰仓的紫津寄了一张明信片。明信片是在病床上写的，枯瘦的笔迹预示执笔者已在死亡边缘徘徊。

"不过，所谓的临终之水，是临终前喝的吧？可先生你还活着呀。"

身上裹着印花和服、手里拿着腊月出门时，紫津就已经下定了决心。难道自己的决心被饭仓识破了吗？听到他说临终之水的那一刹那，紫津这么想。不过，饭仓没有什么特别的表情，浑浊的眼睛只是浮现出淡淡的笑意。

　　"因为我觉得紫津你一出这个房间，我就会咽气……而且，被战争搞得，我现在连个像样的亲戚都没有。我拜托了院长，死后立刻将我送到火葬场。今天跟你该是最后一次见面了。"

　　紫津沉默不语，微笑着听饭仓说话。

　　"——你不会为我的死而难过，对吧？"

　　饭仓说道，仿佛在用言语责备紫津的微笑。

　　紫津没有回答，将茶碗放在饭仓胸前交叉着的手上，又站到了窗边。

　　太阳西沉，仿佛直接刺向了樱花。花朵沐浴在阳光中，花蕊绽放出春天的生机，几乎撼动了窗户。因为战败，所有一切都化为了灰烬，可战争在荒原的一角留下了如此美丽的花朵。然而，自己的战争，自己这二十二年的爱情之战究竟留下了什么呢？在镰仓的宁静中，紫津始终觉得东京的空袭与自己无关，但自战前开始就在胸中持续燃烧的战火，伴随着这场战争，终于在战败第三年，在东京的一个角落，即将同饭仓的死去一起燃尽最后的火焰。但是，最终留下了什么呢？结束的仅仅是从未得到回应就行将结束的虚妄之爱。这二十二年间，紫津胸中一直燃烧的火焰从未点燃过饭仓的身体和内心。

　　因为，这二十二年间，饭仓的心始终被一个女人占据着，而这个女人并非紫津。

"先生今年已经六十五岁了吧。"

"是的……活太久了啊。"

"你知道我多少岁吗？"

紫津问道，视线却未离开樱花。她背对着饭仓，却仿佛能看到饭仓正用满是斑点的手悄悄抚弄着腊月。临近死亡的饭仓将紫津叫到床前，并非因为想看那只茶碗，而是想用自己的手最后一次确认另一个女人二十二年前留在茶碗表面的肌肤触感。

"我已经三十八岁了……妈妈去世时也这么大。你还记得这件和服吗？妈妈去世时身上穿着的。"

饭仓没有回答，但他应该记得。因为紫津走进病房时，饭仓微微睁开了眼睛，目光朝向的是那和服，而并非紫津，然后他开心地说道"总算来了"。

起风了，樱花迎风摆动。花瓣与阳光瞬间交错在一起，化为一阵疾风袭向窗口，一枝樱花用力地打在窗玻璃上。紫津的声音在突然而至的樱花雨中响起，好像被那响声催促着一般。

"先生死我不难过，因为先生曾同我母亲一起死过一次……但是，第二次的死亡……这次请为我而死。"

那枝樱花再次打在窗户上，几片花瓣从枝头飘落。紫津感觉从自己双唇流出的并非声音，而是那些花瓣。簇拥的花朵在风中有些喧闹，紫津不知饭仓能否听到自己的声音，却依旧在说。只有眼下这一刻，才能为自己二十二年的战争画上休止符。

"先生，我今天出门时是打算和你一起死的。"

紫津知道母亲与饭仓建藏的关系是在大正十四（一九二五）年，她十五岁那年的初夏。

紫津出生后不久父亲就去世了，她由母亲一手养大，母女两人住在镰仓妙本寺后面的一栋老房子里。亡父留下很多古董，仅靠出售这些古物，母女二人也可以衣食无忧。但母亲弥衣担心万一自己死去，留下孤身一人的紫津无法生活，便几乎没有动过那些古董，一直以教授附近的姑娘茶道与花道来维持生计。紫津自小就知道母亲是个美人。母亲出身于骏河世家，虽然眉间眼尾有着寡妇特有的刚毅，但雪白的肌肤依旧透出与生俱来的高贵。或许是皮肤过于白皙的缘故，脸部轮廓若隐若现，仿佛由细细的毛笔勾勒而出，姿容因此显得温婉雅致。

在紫津的记忆里，母亲永远都是轻声细语。紫津从小跟随母亲修习茶道，坐在茶室中的母亲仿佛融进透入拉门的熹微阳光中，浑身披拂着弥勒像般的静谧。房子太旧，走廊等处都已破损，孩子的小脚走上去都会吱嘎作响，但紫津从未听到过母亲的脚步声。不，实际上也听到过吧，不过母亲周身的宁静让人根本感觉不到脚步声的存在。据说过世的父亲严肃得像一名军人，为了不打扰丈夫，母亲总是坐在不起眼的地方，连呼吸都克制着不发出声音。父亲死后，由于担心惊扰到父亲留在家中的气息，母亲也一直坚持坐在角落里。

事实上，无论在亲戚还是邻里眼中，母亲弥衣都是一名贤良淑德的女子。不时有人来给依旧年轻美丽的母亲提亲，劝她再婚，对此，母亲只是微笑着摇头拒绝。每到父亲忌日，母亲定去扫墓，早晚也必在佛前拜祭。说起儿时家中的声音，紫津能想起的只有母亲在佛前拜祭时拨弄佛珠的声音，还有冬日里上冻的夜晚，从后院传来、打破家中黑暗的竹筒敲石声，以及母亲与弟子们插花时响起的清脆剪花声。

除了修习茶道花道的弟子之外，家中也不时有客人出入。很多人从各处前来看父亲留下的古董，其中大半是年长的男子。对那些意在买卖的东京古董商和鉴定家，母亲大多在玄关处应付一下，很少带进家里；但对那些喜爱父亲留下的刀剑、挂轴、茶碗等，只是前来观赏的客人，母亲则高兴地将其带到内室或茶室，面带微笑地热情接待。

饭仓建藏便是其中一位。从紫津在普通小学升入四年级开始，饭仓每月定会来家里一次。他比母亲年长五岁，据说是帝国大学的讲师。通过亡父的朋友，表示想来家里欣赏腊月。

腊月乃江户初期茶匠雅芳亲手所制的茶碗之一。碗的表面呈淡灰色，一滴白釉由碗口向碗身滑落。映在腊月冰冷的月光下，那滴白釉恰似月光之露，故被取名为腊月。此乃名碗之一，父亲生前最为珍爱之物。一直以来，无论他人如何央求，母亲都断然不肯展示，但或许因父亲好友介绍，难以拒绝之故吧，母亲专门从旧桐木箱中取出腊月，将饭仓带至茶室，并用腊月为其点了茶。之后，饭仓为了欣赏腊月，每月从东京专程来访一次。

饭仓是一名物理学学者，身穿朴素的和服，面颊瘦削，淡黑色的眼眸没什么光彩，那时就已显得有些苍老，不过看上去颇有文人或书法家的气质。饭仓一到，母亲就会立刻带他去茶室，两人在关紧拉门的茶室里每次都要待上两个小时左右。除了在玄关处的简单寒暄之外，紫津不曾听到母亲与饭仓说过什么。

　　起初，紫津以为饭仓只是一名普通来客，直到小学毕业升入女子初中的那年，也就是十三岁时，紫津第一次留意到了饭仓。

　　那天，从学校回家的路上，在通往自家的坡道中间，紫津发现了一只蝉蜕。她蹲下身，捡在手上端详，这时听到一个声音说"在看令人伤感的东西呢"，同时有一个人影凑了过来。紫津抬头望去，在残暑未尽的半空看到一张在家中见到过五六次的面孔。饭仓又自言自语般地咕哝了一句："小孩看这个，太凄凉了。"接着目光离开紫津手上那只沾着沙粒的蝉蜕，转移到了紫津的脸上，"你跟你母亲好像啊，嘴唇的颜色和形状都一模一样呢。"饭仓对紫津说的第一句话——"你跟你母亲好像啊"，竟然束缚了紫津之后的半生。当然，年幼的紫津尚无法听懂这句关乎自己命运的话，只是默默地目送着身穿和服外褂的饭仓走下坡道的背影。

　　下次再到访时，饭仓在家中看到紫津就会打招呼，还经常带来西洋的珍奇糕点。他的眼神虽然稍显黯淡，但笑起来相当温和。尽管他只在进出茶室时在走廊驻足片刻，但紫津已经开始期待饭仓每月一次的到访。饭仓比实际年龄显老，紫津生长在过于安静的环境中，又稍显稚嫩，两人站在一起，饭仓看上去好似祖父，但紫津经常在饭仓温和的笑脸上寻觅仅仅在照片上看到过的父亲的影子。虽然从母亲的某句话中听出饭仓在东京有家室，但对那时的紫津而言这不是什么问题。饭仓每次来访必定在周六下午。饭仓快到时，紫津就会到院子里玩耍。茶室建在房子后面，仿佛隐藏在一片翠竹之中，进出其间必然要经过延伸到院子里的走廊。男人的脚步声紧紧跟在母亲安静的脚步声之后，然后在走廊上停下来，跟正在院子里摆弄花草的紫津温和地打招呼。这时，紫津会转头朝他望去，然后默默地点点头。

进入腊月后，饭仓曾连着两周来访。就紫津所知，这还是首次。母亲好似也没料到他会这样，第二周来访时母亲恰巧去参加弟子家人的葬礼。得知母亲不在家，饭仓说了句"那就让我等一下吧"，便进了家中。他蹲在房檐下，注视着飘雨的院子。他好像没带伞，从头到脚全都湿透了。紫津拿来毛巾，他接过去，说了声"谢谢"，依旧茫然地望着院子中的雨，似乎没注意到自己全身都湿了。他盯着远处，仿佛在烟雨蒙蒙的院子里看到了紫津看不到的什么东西。饭仓一直沉默不语，紫津又找不到离开的借口，只能在近处坐着。过了许久，饭仓突然回过神似的笑着转过头。"你跟弥衣好像啊！眼睛和嘴唇的样子都一模一样。"他说了句和夏末那日类似的话。

母亲刚好在此时回来了。身穿丧服的母亲脸颊比平日里更显白皙，看到饭仓，那张脸瞬间惊得煞白。她很快换上鲨鱼纹和服，立刻带饭仓去了茶室。两个小时后饭仓回去了。母亲不经意地问道："都和先生说了什么？"不知何故，紫津难以说出先生说过的话，只答了句："什么也没说……先生只是默默地看雨。"母亲喃喃自语道："哦……看雨。"便望向融入暮色的细雨，就这么望了很久，眼神和饭仓一样，望着遥远的、看不到的东西。幼小的紫津在心里暗忖，母亲和先生望着相同的东西吧，他们都望着还是孩子的自己无法看到的、某种不可思议的东西吧。母亲目不转睛地凝视着雨的眼神令紫津有些害怕，紫津垂下眼睛望向榻榻米，发现母亲的和服下摆上有一块浸湿了，湿了的痕迹与暧昧的图案叠在一起，还在扩散。或许因为母亲的眼神带着雨色吧，紫津觉得不光和服，母亲的全身仿佛都湿透了。被雨淋湿的是饭仓啊，为何母亲的和服下摆也是湿的呢？紫津虽感纳闷，可也只能想到或许是在茶室时水洒出来了吧，并很快就忘了这件事。等到翌年初夏，紫津知道母亲与饭仓之间的所有故事之前，稍微显露出两人关系之端倪的，也只有这时母亲的和服下摆了。

过完年，一直到五月，都没发生任何事。饭仓每月来访一次，从未落下，来后便与母亲一起进入茶室。茶室位于院子的一角，建成草庵的样子，从主屋过去得踩着踏脚石穿过整个院子，拉上拉门就完全感觉不到里面的气息了。从那时起，紫津就觉得饭仓这个男人只属于母亲一人，心里有些难过。她也曾与饭仓单独相处过两次。第一次是在严冬里，一个寒冷的日子。饭仓在临走时突然说"想去看海"，母亲可能对与饭仓一起外出有些顾虑吧，便请紫津为饭仓带路。路上饭仓问了很多紫津在学校里的事，这是两人第一次亲切交谈。可是，一到海边，饭仓突然变得闭口不言，只是久久地眺望着在灰色云层笼罩下、黑漆漆的冬日海面。最后，饭仓用手帮紫津整理着被海风吹乱的一缕头发，又说了句和之前类似的话。"头发细细的，也很像弥衣。"

第二次是那天母亲与饭仓刚进入茶室，家里就来了客人，母亲去玄关暂时应酬的那一会儿工夫。饭仓拉开茶室的拉门，呼唤待在院子另一边的紫津。紫津走了过来，饭仓跟她聊了些孩子气的话题，又突然回过神似的从袖筒里掏出一只白色与粉色相间的海螺。"来这里的途中我去海边散了一会儿步。"说着他将海螺放到了紫津的手上。然后，饭仓看着紫津的手，似乎想要说什么时，母亲回来了。在母亲的叮嘱下，紫津回了自己的房间。她凝视着手中的海螺，心想饭仓先生或许想说"好像你母亲的手"吧。紫津曾在一次泡完澡后比较过母亲与自己的手，两人的手都被泡得粉嫩，虽有大小的不同，但手指和指甲惊人地相似，真不愧是母女。饭仓肯定是想说这个吧。可是，饭仓看自己时为何总会比照着母亲呢？紫津一直不明白其中缘由，直到五月份那一天的突然来到。

初夏的那一天，饭仓一到，母亲就差遣紫津将点心盒送去长谷的叔父那里。长谷的叔父是已故父亲的弟弟，在从家步行一个小时的地方经营一家医院。叔父夫妇没有孩子，总盼着紫津去住一阵子。母亲补充了一句"明天上午回来吧",紫津便出了门。可是,走下斜坡时,木屐带断了,必须回家换鞋才行。也就出来了不到十分钟,玄关处的玻璃门已经从里面牢牢拴上了。紫津绕到后院,在篱笆墙边不由得停下了脚步,母亲的声音从院子里传出来。

"先生这是在玩弄我呀……"

饭仓回应道:"我怎么会这样?"

"是的……是豁出性命地玩弄……可是,这样也没关系啊……我认了……"

"如果是豁出性命的话,我迟早得没命。"

"死,你一早就有心理准备了吧?"

紫津隔着围墙往里看,在院子里的溪流边看到了两人的背影。饭仓站着,母亲蹲在他的脚边。一根藤蔓从树上跌落,匍匐在白沙上,一头伸进了溪流中。藤穗在水中摇荡,淡淡的紫色被溪水冲得越发淡了。母亲想伸手去够藤蔓,后发髻上的发梳落入水中。饭仓捡起黄杨发梳,没有把水甩掉就直接插入了母亲的发髻。母亲的身体微微颤抖了一下。虽然离得挺远,紫津却记得自己清晰地看到发梳上的水沿着梳齿往下滴,在离开梳齿的瞬间仿佛变成晶莹的露珠,从母亲雪白的后颈滑向背部肌肤。片刻之后,饭仓取下发梳再次放入水中,接着将浸湿的发梳又插回到了母亲的发髻。他用手扳着母亲的身体,将母亲转来转去。每次转身,水滴都会顺着母亲的后颈和头发落入衣领中。可母亲已经不再颤抖了。她的身体默默承受着这些水滴。母亲任由饭仓扳弄自己的身体，像丢了魂儿似的转来转去。藤穗好像模仿母亲一般，在缓缓的溪流中轻轻摆动。每次摆动，藤穗的颜色都仿佛被水冲掉了一点，看上去越来越淡。

不久后，饭仓踩踏着踏脚石，拉开茶室的拉门，进了茶室。紫津知道饭仓会在榻榻米上躺下来，但由于被紧随饭仓进入茶室的母亲的背影挡住了视线，她没能看到这一幕。母亲站在门槛处，说了句："后背湿了，水一直流到了脚下。"开始背过手去解腰带。"会被人看到的。"饭仓说。"没事的。"母亲咕哝了一句，解开腰带后便拉上了拉门。门不是用手拉上的，竟然是用脚带上的。母亲像要踢开裙摆似的伸出了一只脚，用脚趾扒住拉门的下端，迅速地把门拉上了。暗红色的腰绳落在门槛上，一直垂到茶室外的踏脚石上，拉门因此露出一条窄窄的缝。白色拉门如同往常一般将茶室包裹在了寂静之中。

紫津热血沸腾，心潮激荡，小小的身体几乎要被撕成了碎片。一醒过神儿，她便用手拿着鞋带断了的木屐，不顾一切地朝叔父家走去，光着的脚底很快就磨出了血。紫津想起母亲拉上拉门时用的脚，她甚至觉得水滴也顺着那只脚滴了下来。不，那不是水。经了饭仓的手后，从发梳滑落到母亲后背的，是更加鲜红、黏稠的东西。

即便是年少的紫津，也明白此时母亲与饭仓正在茶室中做什么。不止此时，此前两人在被白色拉门隔出的寂静中在做什么呢？紫津想着。她试图甩掉刚刚看到的一幕，不顾脚上流着血，拼命地奔走在路上。然而，即便钻进叔父家的被窝，白天隔着篱笆墙看到的光景也未能离开她的大脑。在流水中摆动的藤蔓，发梳的梳齿，还有拉上拉门的脚，这一切都在紫津如有大火在熊熊燃烧般的脑海里忽隐忽现。"死"这个词突然从火焰中传出来。紫津不懂母亲与饭仓说的那些话是什么意思。虽然不懂，但紫津本能地感觉到有某种可怕的东西维系着两个人。

不仅那一晚，之后将近一年间，"死"这个词都萦绕在紫津耳畔。事实上，那天之后又过了一年半，五月份的一天，就像饭仓说的"迟早得没命"一样，母亲与饭仓一起制造了那起殉情事件。

"我知道母亲为何选择与先生一起死。"紫津凝视着窗外说道。

"真正的原因是什么？"饭仓这次明确地反问道，声音中带着些许惊讶。然而，自己刚刚说今天来是为了和先生一起死时，饭仓却没有任何反应。

"嗯……因为您太太的缘故。您太太是您恩师的女儿，出于道义，你们无法离婚。先生和母亲为了爱得彻底，也只有去死了……"

回想起来，与饭仓在一起的二十二年间，两人都一次也没提起过那起事件。两人都心照不宣地回避着。尤其是紫津，心里明白一旦说出那件事和母亲的名字，就等于默认了自己的失败，所以她无论何时都绝口不提此事。自母亲死去到现在，紫津半生都在努力地抹去母亲盘踞在饭仓心头的影子。

但是，今天不同。今天来这里就是为了讲出所有一切——

紫津将目光从窗外移至饭仓。饭仓扭头仰望着紫津。他温和地注视了紫津一会儿，仿佛要缓和紫津尖锐的目光。

"我想你也知道。是听你叔父讲的吧。"

"不……是母亲在死去的几天前亲口讲的。"

"弥衣自己讲的？"饭仓惊讶地问道。

"嗯……不过在听母亲说之前我就感觉到了。我那时虽然年幼，但什么都知道。先生您太太在母亲死之前来过我家两次。"

那年初夏，紫津发现了母亲与饭仓之间的关系。三个月之后，盛夏时节，一日正午，饭仓的妻子顶着烈日，撑着太阳伞，身穿质地上乘的白色碎花和服，来到了紫津家。她对正在门前洒水的紫津说："我是饭仓的妻子，你母亲在吗？"她看起来应该比母亲年轻五六岁吧，模样还依稀残留着作姑娘时的影子。"听人说过她有个女儿，你几岁了？"她的脸隐在伞下，有些昏暗，但眼睛看起来很温和。紫津回答十五岁，对方说："是吗，好可爱啊！看上去也就十岁的样子。"初次见面的人大都这么说。没有人察觉到这三个月里，在幼女的面容下，紫津的内心深处经历了怎样的感情折磨。就连紫津自己也觉得那是一种难以捉摸的、沉在万丈深渊里的感情。五月的那一日后不久，紫津迎来了初潮。当时她只是茫然地望着突然从身体里流出来、在裙摆上逐渐晕开的鲜血。后来想想，紫津觉得正是那日母亲与饭仓的背影使自己的身体流出了鲜血。沉积在紫津的感情深渊的，就是她真正成为女人的经血。一根藤蔓浸在鲜红色的深渊，被染成了血红色，轻轻地摆动着……

母亲似乎预料到了饭仓妻子的来访，表情平静地将那女子带进了家中。过了一会儿，紫津走进玄关，正要回自己房间时，发现饭仓妻子的手帕掉在了三合土上。丝绸手帕被汗水微微濡湿了。紫津想将手帕还给对方，但在走廊上停住了脚步，因为饭仓妻子的声音从里面传了出来。"健藏在日记中写的。我也不想相信，感觉挺没面子的。可是，健藏从前阵子开始就在睡梦中喊一个女人的名字……声音听上去很痛苦，好像被梦魔缠住了似的……""倘若日记中写的是真的，那难为情的应该是先生。先生和我……不过……""不，日记中写的都是真的，这点我确定。健藏用文字清楚地记录下自己僭越人伦之道的事实——"饭仓的妻子打断了母亲的话，声音却平静而干脆。饭仓的妻子通过丈夫的日记知道了他与镰仓的一名女子关系甚密，所以找上了门来。不过，在站着听到这段对话之前，从这名女子在伞下微笑着说"我是饭仓的妻子"开始，紫津就知道她为何来访了。随后紫津径直回了自己的房间。

两个女人之后去了茶室。母亲先为饭仓的妻子点沏了抹茶，接着饭仓的妻子也点了茶。拉门敞开的茶室沐浴在正午喧闹的蝉鸣与日光中，两个女人只是静静地喝着茶。紫津透过自己房间的拉门缝隙一直看着这一幕。不久后太阳西下，饭仓的妻子与母亲道别后就回去了，声音和来时一样平静。紫津将没能交还的手帕拿给了母亲，母亲只是默不作声地将手帕塞进了前襟，然后去院子里折了几枝山栀子，回到茶室，在壁龛处修剪。从母亲脸上看不到任何表情变化。母亲默默修剪的山栀子让紫津想到了母亲与饭仓的妻子。曾经听说山栀子之所以叫这个名字是因为它的花苞从不绽放，而这两个一直沉默不语、丝毫不表露感情的女人不就和山栀子的花苞一样吗？回到房间后，剪花的声音依旧不停响起，紫津感觉母亲正在用剪刀剪着饭仓妻子的手帕。手帕上的汗味掺有一种连紫津都不太敢触碰的成熟女性的气息。

可能饭仓再也不会来了吧，紫津在心里模糊地想。可是，一直到秋天，饭仓依旧每月坚持到访一次。不仅如此，九月开始，从茶室出来后，母亲还会留住他。他便养成了和紫津母女一起吃晚饭，日落之后再回东京的习惯。母亲和饭仓心照不宣，行为举止也很自然，尽管紫津知道两人在茶室里做了什么，却也从不表露出来。但是，饭仓的妻子来访后母亲为何反倒开始留饭仓一起吃晚饭了呢？紫津不知其中缘由。一次，紫津不经意地问母亲，饭仓怎么现在在咱们家待到这么晚呢？母亲只是回了句："没什么。紫津什么都不用想，把先生当成父辈就行了。"饭仓知不知道妻子八月来过这里呢？他的确会像父亲一样亲切地问紫津学校里的事，紫津也清楚他不可能是自己的父亲，但偶尔还是会闪过一丝疑虑，自己的父亲会不会就是他？

而且，紫津也不明白饭仓的妻子是怎么想的。八月之后，饭仓每次来过镰仓后两三天，饭仓的妻子必然会送来昂贵的女式和服，好似以此作为谢礼。起初，紫津偶尔会想，饭仓的妻子只是个温柔的女子，可能默许了丈夫与母亲之间的关系。但从五月份的初潮开始，在一次次经历身体流血的过程中，紫津逐渐从女孩儿成长为一名女人。女人的敏感让紫津从送来的和服中感觉到了那位妻子的敌意。因为就母亲的年龄来说，那和服无论颜色还是花纹，都过于艳丽了。紫津觉得饭仓的妻子是故意挑选了与母亲的脸型和年龄不相称的花色。母亲似乎也觉察到了，不，母亲应该是更加敏锐地意识到了这一点吧。和服一送到，母亲就会立即拿起剪刀，咔嚓咔嚓地将所有接缝处的线剪断。线全部被剪断后，和服就变得如同刚刚裁好的布料一般，接着母亲会再亲手重新缝制。在这一过程中，母亲的眼神特别平静，但缝得极其用心，扎进衣服的每一针看上去都像在刺破饭仓的妻子暗藏在和服颜色中的敌意一般，释放着强烈的还击式的光芒。重新缝好的和服，母亲肯定会在饭仓下次来时穿在身上，但饭仓似乎没有意识到那是妻子送过来的。紫津从未听到饭仓评论母亲身上的和服。

　　和服虽然华丽，却并不适合母亲清瘦的面容与过于白皙的皮肤，反倒让母亲显得比平时黯淡、苍老。母亲自愿地将暗含饭仓妻子敌意的衣服穿在了身上，似乎在这种自虐中忍受着巨大的悲痛。紫津感觉自己明白了母亲在穿这些和服之前为何一定要剪断所有缝线然后再重新缝起来，因为如果不用剪刀将缝进衣服中的饭仓妻子的憎恶剪断，母亲就无法忍受将那过于年轻的颜色穿在身上的侮辱。

饭仓的妻子送来的和服，裙摆上的花纹通常是不同季节的各种花，有浮在浅绿色背景色上的菊花，有从浅紫色中渗出的黑色山茶花，还有漂在暗红色之上的梅花。很快，春天又来了。事后回想，从前年八月饭仓的妻子到访时开始，母亲就已经有了赴死的心吧。在最后的几个月里，饭仓每月来访时，母亲都会拖长两人相守的时间，哪怕只是一个小时。想必母亲是想尽量享受身为女人的寻常幸福吧。

进入四月，还未完全绽放的樱花蓓蕾被一场大雨打得七零八落。那日晚上，母亲将饭仓送到玄关，饭仓刚拿起蛇目伞①母亲就抓住了伞把，不肯让他离去。紫津也在跟前，母亲任性般地摇了摇饭仓手中的伞。饭仓转过身，朝母亲轻轻点了点头，离开了。那一刻，空气中弥漫着桐油的气味，母亲默不作声，但可能想对饭仓说"下次来时我们一起去死吧"……

"我只知道我妻子——郁代，去过你家一次……"

窗外喧闹的樱花让紫津回想起二十二年前那夜的雨声。眼下，耳边传来饭仓现实中的声音。

"第二次是什么时候去的？"

饭仓的妻子再次到访是在母亲去世大概十天前。自从那个雨夜在桐油气息中送走饭仓之后，母亲就说身体不适，暂停了

①一种深蓝色或深红色底色上有一个白圈的油纸伞，从上往下看就像蛇的眼睛。

花道茶道课，开始卧床不起。但饭仓的妻子来访的那日母亲却在睡衣外面披着外褂，将她带进了里屋。不久后，紫津被叫了过去。"替我给太太点沏抹茶吧！"母亲说完又招呼饭仓的妻子，"抱歉，我马上准备，请您先到茶室等候！"

饭仓的妻子"嗯"了一声，低着头正准备起身时，母亲突然说："腊月上不是有一滴滴落的白釉吗？先生和我都从那个位置喝过茶呢。太太您也试一下吧。"饭仓的妻子一下怔住了，身体像僵住了似的。那一瞬间，就在紫津的眼前，这两个女人的视线如同两把利刃撞到了一起。但饭仓的妻子随即用柔和的微笑掩盖住了视线中的敌意，点了点头后走出了房间。母亲在对方踏着垫脚石逐渐远去的木屐声中站起身来，取出上个月送过来、自己刚刚重新缝好的裙摆是棣棠花图案的和服，嘱咐紫津换上。紫津想着接下来要代替母亲做事了，连腰绳都系得极其认真。回到房间，母亲已从箱子里取出腊月摆在了矮桌上。母亲细致地交代紫津茶碗的摆放方法，告诉紫津要让饭仓的妻子从白釉滴落的位置饮茶。"如果饭仓太太点茶，你一定要从这滴白釉相反的位置喝……千万不要用嘴唇接触白釉。"母亲说完死死地盯着紫津的眼睛。那时母亲的眼睛与刻在能面上的眼睛极其相似，虽然空洞，但同时又从眼底流淌出异常激动的神色，直接倾注到了紫津眼中。紫津从未像此刻这般清晰地感到自己和这个女人血脉相连，接下来自己必须借着母亲的和服和血液同母亲的情敌大战一场。紫津仿佛被母亲的视线推着，端着茶碗走向了茶室。

看到紫津和服裙摆上的棠棠图案时，饭仓的妻子有些瞠目，随即提出由自己率先点茶。她双肩展开，体格比母亲大了一圈。无论是用长把勺舀水，还是点茶时的手法，都像是这家的主人一般从容淡定，身上透露出母亲所不具备的气度和风韵。紫津将她放下的茶碗拉到自己膝前，按照礼仪，白釉的位置就在眼前。紫津不明白母亲为何说嘴唇不能触碰白釉，不过即便母亲不说，依喝茶的礼法，也应将白釉转至一旁，但母亲显然并非只是叮嘱自己要遵守饮茶礼法。而且母亲还请饭仓的妻子从白釉的位置饮茶。虽然什么都不知道，但拿到茶碗的那一刻，紫津很想忽略母亲的吩咐，从白釉的位置喝。这是那一刻她的决定。此时，在紫津的眼中，自碗口滑落至碗身的那道白釉，与前年五月从发梳上滑落至母亲后背的水滴重合在了一起。即便事后想起这件事，紫津也不明白自己那一刻为何决定那么做。究竟是穿上了母亲的和服，母亲的灵魂就附到了自己身上？抑或是自己想拂去母亲留在白釉上的唇印，与饭仓的唇印重叠在一起？然而，就在紫津要将嘴巴凑到碗口的那一刹那，院子里突然传来响动，母亲的身影随即映在了白色拉门上。

拉开拉门的一瞬间，母亲似乎松了一口气，脸上露出安心的神色。接着母亲靠着拉门瘫坐在了门槛上，对饭仓的妻子生硬地说了句："请回吧！不要再来了！"紫津还是第一次看到母亲如此慌乱，听到母亲有如此生硬的语气。母亲似乎是光着脚从主屋跑过来的，她大口喘着气，头发凌乱地散在肩上，不停晃动。与母亲完全不同，饭仓的妻子静静地站起身，从母亲身旁经过，径直朝主屋走去。"去送一下……"母亲的语气不容辩驳，紫津默默地站起身来。

饭仓的妻子站在玄关处，脸色如同白蜡一般苍白。"上次来的时候，回去时迷了路。你送我一下吧！"她的声音有些颤抖，没等紫津回应就转过身去。紫津踏上木屐，跟在她后面。饭仓的妻子顺着路标快速走下斜坡，拐到另一条路上，紫津一直在后面跟着。木屐踩踏地面的声音让紫津感觉尤为刺耳。

饭仓的妻子在寺院土墙的尽头处停下脚步，回头对紫津说："到这里就可以了。"她一边喘着粗气一边盯着紫津道，"你和你母亲好像啊！"或许是走路走得太急，她的声音有些颤抖。她用母亲方才注视她的眼神目不转睛地盯着紫津的眼睛。不，她不是在看紫津，她是通过与母亲一模一样的紫津的面容，注视着那个叫水野弥衣的女人，那个每月从自己手里将丈夫夺走一次的女人。饭仓的妻子像是想笑，但那表情自嘴角变得扭曲起来，随即她伸出手，用力抽了紫津一个耳光，声音极其响亮。

眼泪夺眶而出的不是紫津，竟是饭仓的妻子。她不想让紫津看到自己的泪眼，转过身去，沿着一条细细的小路跑开了。她的背影已经随着拐弯而消失不见后，紫津依然用手捂着面颊，呆立在原地。看着倒映在土墙上自己的身影，紫津感觉那好似母亲的影子。饭仓的妻子想打的并非紫津，是因为紫津的脸原原本本地复制了母亲的五官，她才将未能对母亲发泄的愤怒与憎恨全都宣泄到了紫津的脸上。摩挲着因疼痛而一直微微震颤的面颊，紫津感到无法相信，那个看上去如此温柔的女人，心里竟然潜藏着能够爆发出如此手力的愤怒。紫津迈着沉重的步伐回到家中，母亲已经躺回到褥子上，安静地闭着眼睛，腊月就在枕边放着。紫津没有告诉母亲自己被饭仓的妻子掌掴的事情。

那日，饭仓的妻子亲自带来了和服。母亲当晚就拆了上面的线，第二天开始便坐在褥子上重新缝制。几日后，和服被缝成了原样，母亲便将紫津叫到枕边。葱绿色的和服挂在衣架上，炫目的颜色在薄暮中尤为醒目，裙摆上浮动着樱花的花瓣。暮霭同裙摆上的花瓣一起沉于地板上方，母亲的脸被这片微暗笼罩。母亲闭着眼睛对紫津讲述了自己与饭仓的关系。母亲平静地诉说，紫津安静地聆听。故事没什么离奇的地方，无论是饭仓与母亲在茶室中不知不觉爱上了对方，还是饭仓有家室，无法与妻子分开，导致三人都为此十分痛苦，等等，这些紫津大致都能想象得到。母亲说完之后，紫津就接了句："不过先生是爱母亲的吧。"母亲轻轻摇了摇头。"先生只是在玩弄我……豁出性命地玩弄而已。"母亲喃喃地重复着这句曾经说过的话，接着，她让紫津从箱子里取出腊月，突然说道："那日饭仓太太来时，我预先在碗口涂了毒药。紫津，我当时想杀了她。"

"真有这事吗？"

饭仓不由得问，难以置信似的摇着头。二十二年前发生过的事，他今天是第一次听闻。紫津默默地点了点头，从饭仓手中接过腊月。二十二年前的那一日，母亲在腊月的白釉处预先涂好了毒药，打算杀害饭仓的妻子。可饭仓的妻子却率先点茶，紫津也无视母亲的告诫，将嘴唇凑上了那道白釉。如果那时突然改变了主意的母亲晚过来一小会儿，自己可能就被母亲错杀了吧。

不——紫津暗想。或许那时死去更好，因为那时的自己什么都不知道。如果那时死去的话，自己与死去的母亲之间就不会出现战争——那种比母亲与饭仓的妻子之间的战争还要虚妄的战争——更不会持续长达二十二年之久。那日，母亲在暮色中如同死去了一般闭着双眼，她没有听出紫津在说"先生是爱母亲的吧"这句话时声音里充满了忧伤。母亲总以为女儿虽然在读女子初中，但身上还有颇多稚嫩之处；她没有发现在那一年，紫津已经逐渐长成了一个女人。饭仓的妻子送来的和服的颜色，母亲手中的针散发出的光芒，尤其是饭仓这个男人的存在，这一切都在加速紫津的成长，使紫津的身心从女孩迅速迈向女人。从那时起，紫津不再从那个每月到访一次、年长自己三十岁的男人身上追寻父亲的影子，而是开始以一个女人的眼光审视、打量他……

"母亲败给了你的太太……"

紫津这么说完，在心中默默追加了一句，"就像我输给了母亲一样……"

"不，我从未爱过我妻子。"饭仓严肃地说，随即将目光移到紫津穿着的和服上，像要避开这个话题似的。

"我记得很清楚呢。这件和服……"进入五月，饭仓再次来访时，母亲离开病床，穿上了这件点缀着樱花花瓣的和服，同平时一样轻声细语地将饭仓带进了茶室。过了不久，紫津好像听到母亲在轻声呼唤自己，"紫津、紫津"。紫津来到了走廊，随即看到茶室拉门的下方被撕破了，母亲的手从里面伸出，在空中徒劳地摆动着。紫津惊愕地跑了过去，隔着拉门看到母亲与饭仓拥抱着倒在阴影处，腊月滚落在一旁，里面的抹茶洒了一地。

母亲看起来非常痛苦，眼神已有些迷离。她仰望着紫津，只说了句"去叫叔父"。紫津不记得自己是如何跑到叔父家的。叔父用单车载着她回来时，已经来不及了。母亲死了，却紧紧握着饭仓的手。饭仓呕出了胃里的东西，似乎还有救。叔父在为他救治时，紫津从饭仓的手里拉出了母亲的手。当用尽全身力气终于将两人的手分开时，紫津的眼泪夺眶而出。母亲的眼睛半睁着，好似还在眺望不知何时落下的黄昏雨。紫津一边整理母亲身上凌乱的和服，一边在想，这件和服与母亲因死亡而过早凋谢的面容是何其相称。这是饭仓的妻子送来的所有和服中最适合母亲的一件——或许某一天自己也会将这件和服穿在身上吧，紫津暗想。

准确地说，那件事发生在大正时代最后一年（一九二六）的五月四日。在春夏交界的短暂时段中，藤蔓上有一簇花垂落，同前年一样，在溪流中静静地摆动，颜色被冲得越来越淡。所有的一切都发生在那个午后。

"你披上这件和服照镜子的时候，就像弥衣还活着似的，我觉得。"

那是母亲百日忌的前一天，紫津想要整理母亲的衣物，却突然将母亲死时穿着的那件樱花和服披在了自己穿着的黑色天鹅绒外套上。葱绿色中隐藏着母亲的死亡，将母亲死时展示出的令人难以置信的稚嫩投射在了紫津的脸上。真的好像啊！——一边这么想，一边看着镜子的不止紫津一人。不知何时站在院子里的饭仓也出现在了镜子里。

事件发生后紫津就没再与饭仓见过面。叔父谎称母亲因心脏病发作而死，最终这起殉情事件成了叔父、饭仓与紫津三个人的秘密。饭仓在葬礼和之后的告别仪式中都没有露面。一个夏天未见，饭仓有些消瘦，目光比以前更加清冷，白发也越发明显。他原本就比实际年龄显老，或许因为在生死边缘徘徊了一遭的缘故吧，仅仅过了三个月不到，他就苍老得像五十多岁了一般。紫津没有立刻转过头。饭仓凝视着镜子中的紫津，紫津被那道视线牢牢地困住了。

那日，饭仓在佛龛前拜祭之后，请求紫津为自己点茶，紫津便带他去了茶室。两个小时后，日落前，饭仓回去了，但那两个小时决定了紫津到今日为止二十二年的人生。饭仓将嘴巴凑到白釉滴落的位置饮了一口茶，随即抚弄着茶碗，说出了一件令人意想不到的事情。

"弥衣，也就是你母亲，之所以不向他人展示这只腊月，只因为它是一个仿制品。据说真品在江户时代中期被大火烧毁了，有位陶工痛心不已，倾其一生做出了一个酷似真品的东西。虽然是传闻，但我觉得是真的。碗身到底座的线条缺少一点雅芳特有的感觉，不够柔和。"紫津自幼在母亲身边耳濡目染，如今十六岁，虽然已经具备了鉴赏茶碗的眼力，但还是不能理解饭仓所说的雅芳特有的感觉。不过，比起腊月是仿制品，更加撼动紫津的是饭仓接下来说的话。"虽然是仿制品，但我也想来看看。就像无名陶工以一生为赌注造出了这只仿制品一般，我感觉自己若拿余生做赌注的话，总有一天也会爱上这个仿制品。"——饭仓回去后，紫津一人回到茶室，久久凝视着那个被笼罩在暮色之中的茶碗。今天，饭仓并非来看望自己的，饭仓来这里是为了在自己脸上寻觅母亲的影子，是为了将嘴唇叠在残留于茶碗之上的母亲的唇印上，是为了爱抚母亲留在茶碗上的痕迹——只是，饭仓刚刚说了一句话，那句"总有一天也会爱上这个仿制品"，这句话让紫津在心里默默发誓，自己也要为此赌上今后的人生。

于是，二十二年就这般逝去了。

叔父夫妇曾劝说紫津把房子卖掉到他们家去当养女，邻里也曾多次上门提亲，但紫津一一谢绝了好意，在偌大的房子中独自一人生活，将大好年华虚掷在每月一次与饭仓关进茶室的日子里。她先是靠自己的努力读完了女子学校，时而将古董卖给母亲在世时就已熟识的商人，得些钱过日子。二十岁过后，她开始教附近的孩子茶道花道，借此维持生活。除此之外，便一门心思等待与饭仓每月一次的相聚，就这样走过了二十二年的人生。日中战争、大东亚战争相继爆发，时代发生巨变，但对紫津而言，这些骚乱都如同远方的雷鸣，在镰仓那处寂静幽深的房子里，紫津需要面对的只有爱情的战争。

紫津没有再见过饭仓的妻子。饭仓的家人都不知道殉情一事，但饭仓在那之后不久便与妻子离婚，并辞去大学里的工作，离开了家。之后他搬到神田后街的一栋小房子里，一边帮别人照看古董生意，一边过着隐居般的日子。母亲与饭仓的妻子曾经为了饭仓而争斗，而紫津与死去的母亲同样是为了饭仓，在茶室中前后争斗了二十二年。

饭仓从未抱过紫津。不，这二十二年中，他连紫津的手指都不曾碰过一次。饭仓来访仅仅是因为想在那间茶室中喝茶而已。饭仓虽然住在东京，但过着隐居的日子，紫津的生活也如同年纪轻轻就落发弃世、住进草庵的僧尼，因此每月一次的相聚两人大多无话可说。饭仓有时会目不转睛地注视紫津的细微举动；有时饭仓用手摩挲腊月时，紫津会觉得好像自己的肌肤突然被人来回抚摩着。但紫津心里清楚，无论是饭仓在自己脸上寻觅的，还是抚弄腊月时感触到的，都是与自己无关的另一个女人的影子。饭仓曾在这间茶室与母亲相亲相爱，直至大正时代的最后一年。日渐老去的他今日之所以仍专程从东京来到镰仓，为的只是通过紫津的脸和腊月，追忆与母亲的过去而已。母亲死后，紫津身为女性的肉体日渐成熟，尽管有时也想被饭仓拥入怀中，但即便此时饭仓伸出双手，紫津也必定会拒绝。因为紫津暗下决心，直到饭仓忘掉母亲，将自己真正看作一个女人时，才对他说出"我一直爱着你"。

饭仓有没有察觉到紫津的这种心思？——紫津认为他察觉到了。

昭和十四（一九三九）年，记得那天是五月一日，从收音机中听到日军与苏军在诺门罕交战的新闻。就在饭仓要将嘴唇凑到腊月的白釉上时，紫津冷不防地摇了摇头，接着跑到了院子里。紫津已经三十岁了。逐渐不再年轻的肌肤深处有种东西在剧烈地燃烧，那火焰仿佛突然烧尽了紫津这十余年所有的忍耐。那年的溪流中也垂着一枝藤蔓。紫津在藤蔓旁蹲了下来。不久后，饭仓也走了过来，他在紫津身后停下，从紫津的发间取下发梳，丢进了溪流中。"我看到了，那时……"紫津说道。饭仓沉默片刻，从铺满鹅卵石的水底捡起发梳，带着水插回了紫津的发间，接着推了一下紫津的背。饭仓虽已五十过半，手力不比往昔，但依然让水滴顺着紫津的后背滑落了下去。紫津切身感受着母亲当年的肌肤感受，可内心只觉得那水滴冰冷，同时也感受到自己这么做的徒劳无益。

饭仓应该也觉察到了。虽然觉察到了，可直到今日也不曾回应过紫津的心思。只是不时恍然大悟般地说上一句："你跟弥衣好像啊！"

不止饭仓，每次见人，大家都会这么说。紫津自己也发现了，过了二十岁之后，无论举手投足，还是待人接物，自己都酷似母亲。不仅在茶室中，包括剪花的手势、对和服花色的喜好，以及经过走廊时的脚步声，紫津感觉自己如同在复制记忆中的母亲一般，正在变成母亲的样子。不单面容和举止，连心思都变得和母亲一模一样了。想想自己为什么被饭仓这样的男人所吸引，或许这就是原因吧。从儿时起，紫津就在与俗世隔离的寂静房子中生活、成长。紫津有时也会想，自己对饭仓建藏身上自然流露出的沉静气质的痴迷，或许比较接近对风花雪月、茶碗古董的喜爱吧。但是，在心底熊熊燃烧的那团来历不明的火焰则与饭仓的沉静完全相反，若要寻其根源的话，也只能说是遗传自母亲的血液了。越接近母亲的年龄，紫津就越能理解母亲为何如此强烈地依赖饭仓，甚至最后选择了死亡。虽然能够理解，但紫津却一直抗拒栖息在自己身上的母亲的影子。为了让饭仓忘记母亲，自己就应该先忘掉母亲。然而，无论如何抗拒，不，越是抗拒，母亲在茶室中、在宽敞的房子里、在自己身上的影子就越发明显。对此，饭仓只会不断地重复那句"真像啊！"二十二年来，一直如此——

"真的，那时我觉得你很像弥衣……"

已经过去了二十二年，这个男人在临终之际依旧重复着同样的话。紫津心不在焉地听着，眼睛盯着手中的茶碗。今天从家里出来时她已经在那个茶碗的白釉上涂好了毒药。宣告战争结束那天，在听完玉音播放①后，紫津一人走进了茶室。她

---

① "二战"中日本天皇广播的《终战诏书》。

久久凝视着腊月，最后决定去死。待两年后，等与母亲去世时的年纪一样大，就与饭仓一起死吧——国家战败，自己也在与母亲的战争中一败涂地，如今身边只剩下这只茶碗。从得知它是仿制品时起，紫津就把自己看成了腊月。美丽的母亲被饭仓豁出性命般地玩弄于股掌之中，而自己不过是母亲的仿制品罢了。然而，这个仿制品最终也没等来饭仓的爱。即使在战时，饭仓也从未落下过每月一次的到访。虽然空袭严重时他没有离开东京，却竟然奇迹般地在大空袭中留下了一条性命。战争结束后，他虽已年过六十，身体彻底老去，但依然坚持每月来镰仓一次。他须发全白，面色枯黄，酷似行将就木之人。两个月前，他刚从镰仓回到东京，就倒在一处废墟的角落里，被人送到了熟人担任院长的这家医院。

只能是今天了。终于在与母亲相同的年纪，穿着母亲死去时穿的那件和服，作为母亲的替身，和饭仓一同死去。除此之外，身为女人的紫津似乎别无选择……

"先生现在还爱着母亲，对吧？"紫津问道。

饭仓点点头，道："那时没能同弥衣一同死去或许是我最大的不幸。"

"那先生为何没有追随母亲而去呢？如果那样，我的人生应该是另外一个样子。"

饭仓没有回答，之后闭上眼睛说道："那边的行李中有我的日记。线装的日本纸册子……能帮我拿过来吗？"

行李中塞满了书，紫津依照饭仓的吩咐，从布满灰尘的书中抽出了那本褪色的小册子。饭仓嘱咐紫津将日记取来后，便把腊月拿在手上，再度闭上了眼睛。

"我死后，希望你能看看我的日记。那里面写着大正最后那段时间发生的事。"

"可是先生，我今天来是打算和你一起死的。我在腊月的碗口处涂了毒药。我也将喝下先生的临终之水……"

"是吧。难怪我感觉自己今天要死了。"饭仓的声音波澜不惊，好似在说他人的事情一般，"但是，你一定要活着走出这个房间，活着回到镰仓，然后看看我的日记。我已经快不行了，但还想告诉你一件事。我曾说这个腊月是仿制品，其实是在撒谎……虽然有这样的传闻，但这的确是雅芳亲手所制。"

"为什么……？"

"因为怕你卖给古董商。"

饭仓闭着眼睛，干枯的手指摩挲着腊月。

"这二十二年间，我一直在这个真品上品味着一个女人的肌肤。你觉得她会是谁呢？"

……

"不是弥衣。是那个当时十三四岁，但看上去只有十岁的稚嫩少女……可是，这种事对一个成年人来讲毫无颜面可言。我已经四十岁了，世俗不允许我与年幼的少女产生感情纠葛。于是我就与酷似那个孩子的母亲发生了关系。"

饭仓异常平静地继续说道："我今天才知道曾经是我妻子的那个女人往镰仓你家送过和服，但郁代不是送给弥衣的，是送给你的。你没有必要和我一同死去⋯⋯因为二十二年前的那一天，弥衣替你穿着那件和服，化作你的替身死去了⋯⋯"

　　黄昏到了，周围变得微暗，樱花显现出不同于下午的色彩，看起来反倒更加明亮了。它在等候着即将来临的夜晚。起风了，花儿迎风起舞，花影随风摆动。紫津心想，如果死后的世界有火焰，或许就是这种洁白而安静的花的颜色吧。看着暮色中的白色火焰，紫津想起母亲那时的眼睛。大正时代最后一年的那个春天，饭仓的妻子第二次来访，母亲嘱咐紫津不要用嘴唇触碰腊月的白釉时凝视着紫津的双眼——

　　那时，母亲并非想借女儿的手杀害饭仓的妻子，而是想借饭仓之妻的手杀掉自己的女儿啊。母亲冲进茶室时之所以松了一口气，是因为看到紫津违背自己的命令，正要将嘴唇凑上白釉的缘故。白釉处没有涂毒药，毒药涂在了背面，涂到了母亲让紫津喝茶的地方。

　　在母亲眼睛的上方，又浮现出饭仓的妻子掌掴自己时的那双眼睛。她的眼睛因悲伤而变了形，双手因愤怒而颤抖，那一记耳光抽的正是紫津本人，并非印在紫津轮廓上的母亲的脸。那日，不是两个女人在争斗，而是两个女人一起向私下接受了饭仓之爱的第三个女人投去了嫉妒与憎恨的石头。

　　原来饭仓一直爱着很久之前的自己——

　　然而，比起这个，母亲憎恨自己这个女儿并因此死去对紫津造成了更大的打击。紫津无法相信，也不想相信，可饭仓说这些作为确凿的事实都被记录在如今拿在手中的日记里。紫津被日记的沉重压得喘不过气，整个人似乎就要瘫倒在地。一个年过四十的男人，爱上了一个还残留着童女般稚嫩气息的少女，日记中究竟记录了怎样的执着？日记中又写着怎样令人羞愧、令人激愤的话语？竟能让两个女人为之疯狂，不仅打乱了饭仓本人之后的人生，还逼得一个母亲想要杀掉自己的亲生女儿……

大正末期，饭仓的妻子受这本日记的强烈刺激，来到镰仓拜访。母亲听她讲了日记的内容，得知饭仓把自己当成了女儿的替身，从那时起，母亲便挣扎于对女儿的嫉恨之中。尚显稚嫩的紫津也刚好在同一时间知道了母亲与饭仓的关系，从此开始了一个女人的成长。在母亲眼中，紫津不再是流淌着自己血液的女儿，而是一个女人，正如紫津也开始将母亲看作一个女人一般。从那时起，紫津与母亲，两个女人不动声色地围绕着一个名叫饭仓的男人展开了久远而惨烈的争斗，母亲与女儿都没有发现对方对自己的憎恨。

饭仓的妻子应该是一个温柔的女人吧。对丈夫正爱着的姑娘，她送去和服，表达好感，试图以此安抚自己受到的伤害。母亲则把送给紫津的和服当作自己收到的东西，并且穿在身上，试图以此逃避痛苦。开始老去的母亲肯定在和服鲜艳的色彩和华丽的图案中感受到了女儿的年轻。女儿那等待成熟的年轻肌肤才是饭仓真正喜爱的女人肌肤啊，母亲无法接受自己的年龄和老去的事实，在饭仓到访时特意穿上属于十六岁女儿的艳丽和服。那和服当然与母亲的年龄不符，有时甚至显得滑稽丑陋，但首先发现滑稽之处的不是紫津，也不是他人，而是母亲自己。饭仓的妻子第二次到访时，为了不被对方发现自己抢占了送来的和服，母亲便让紫津穿上那件和服去见饭仓的妻子。于是，那一天，一切都水落石出了。

母亲与女儿隔着腊月相互对视着。紫津当时痛感自己与母亲血脉相连。望着眼前酷似自己的女儿，母亲必定会加倍地有此感慨吧。正因为流着相同的血，母亲才忍不住憎恨女儿身上越发浓烈的女人气息。和服每次送到，母亲就会拿起剪刀，她不只要剪断和服上的衣线，她也试图斩断与女儿的血缘。然而，即便剪断衣线，也无法斩断与女儿的血缘。那日，为了与女儿做一个最终了断，母亲在腊月上涂了毒药。母亲试图用阴暗的眼神逼死女儿。对母亲而言，那是最后一场赌博，但母亲在赌博中输了。尽管内心燃烧着嫉妒与憎恶之火，母亲却无法杀掉自己的女儿。

只有血缘无法切断——母亲悟出了这个道理。那日，母亲下定决心，要化作女儿的替身，身穿樱花和服同饭仓一起赴死，正如二十二年后的今日，紫津坚信自己输给了母亲，决定化作母亲的替身，身穿母亲去世时的那套和服同饭仓一起死去。紫津这二十二年间所经历的苦楚，母亲早在大正最后一年就尝尽了。

"有一次你将发梳丢入溪流中了对吧？那时的你真的很像弥衣——不，应该是曾经的弥衣很像你。或许是弥衣通过某种灵力看到女儿在自己死去十几年后将发梳丢入溪流中的一幕而专门模仿你的吧，我甚至这么觉得……"

腊月不是仿制品，竟然是真品——现在知道了又有何用？二十二年的岁月就这样虚度了。紫津本以为在这明知失败的二十二年间自己坚持着一场虚妄的战争，但没想到这段岁月比想象的还要荒唐、空虚。紫津发现，自己根本没有必要与母亲竞争，自己真正的竞争对手是很久之前的自己。这二十二年间，饭仓也并非一直爱着紫津，他爱着的始终是二十几年前那个十三四岁的童女般的小姑娘。他只爱那种稚嫩的美。而这不仅导致了母亲的悲剧，也造成了自己的不幸。这二十二年间，饭仓在茶室中之所以经常流露出忧伤的眼神，是因为他在追悼被岁月残酷削减、破坏的童贞之美吧。在茶室中时，饭仓总在紫津的脸上寻觅其他女人的影子，但那个女人不是母亲，而是十三四岁时的紫津自己。假若紫津有竞争对手的话，那就是很久之前的自己的影子吧——

窗外的樱花中浮现出母亲的眼睛，那又何尝不是紫津的眼睛。到了与母亲同样的年龄，穿着不合年龄的和服。和服上的樱花好似倒映着窗外的樱花，那是好久之前有人专门为自己做的啊，可现在看来它终究还是别人的。身上的和服过于年轻，有些滑稽，事到如今紫津才真正理解了母亲那时的悲哀与孤寂。一段历史结束了，母女间的战争只留下一片废墟。

紫津身为女人的历史也在二十二年的战争结束后，在内心留下了同样的废墟。如果那片废墟中还残留着什么的话，那就只有与一个女人即便过了二十二年也无法斩断的血缘吧。大正末年从自己体内流出的初潮之血曾经是母亲的鲜血啊。在母亲体内也有一簇血染的藤花在摆动——因为流着同样的血液，母女爱上了同一个男人，度过了完全相同的人生。

"先生，您现在也爱着母亲吧？"

"是的。我现在爱着弥衣。弥衣临死前对我说先生是把我当成女儿的替身才和我在一起的吧。她什么都明白，却不在意——接着只有弥衣一人死去了。那个时候，我还没有真正爱过她。但是，我感觉自己迟早会爱上她，所以她死后我坚持着去镰仓。那也是我对弥衣的补偿啊……我感觉我终于爱上她了。现在我觉得我真正爱着她……太不可思议了。我只认识三十岁之后的弥衣，但感觉从小就认识她似的。在我心中，你和你母亲好似同一个女人处于不同的人生阶段。"

紫津想起母亲死后依然紧紧握着饭仓的手。那是一个女人悲伤的手，她试图拼命抓住一个叫饭仓的男人。紫津对此一无所知，直到今日一直都在想如何让饭仓彻底忘记母亲。"先生是在豁出性命地玩弄我啊！"母亲的声音持续在紫津耳边响起。

"我把想说的都说了，剩下的你就看日记吧……"饭仓又一次轻声说道，"能给我一杯临终之水吗……"

声音听起来格外遥远，紫津一直凝望着窗外的樱花。

樱花的花色越来越浓，似乎在暮色中燃烧起来。那火焰仿佛静静地焚烧着迄今为止的二十二年岁月。

火　焰─────

"阿哥，到了战场你肯定会死的。"

女子手肘支在栏杆上，手掌托着面颊，一边眺望着暮色中远处的天空，一边低声咕哝道。听似在跟辰治讲话，倒更像随着叹息从心底冒出的喃喃自语。她一直侧着脸，似乎忘了房里还有客人。平纹细布和服的下摆上点缀着晚开的暗红色梅花，纤细的双脚与小朵的梅花颇为相称。她踮着脚站在榻榻米上，脚底有点脏，好像沾上了土。辰治感觉突然窥视到操这种生计的女人不为人知的一面。

风吹了进来。

女子伸手在风中抓了个东西，随即转过头来。看到辰治低垂着双眼，她似乎意识到自己刚刚说的话惹辰治不高兴了，

"对不起，我说了不吉利的话，你别往心里去啊。以前，我认识一个刚好像你这么大就死去了的男的。那个男的和阿哥你长得有点像呢。真的，你别往心里去。我怎么可能说中别人的生死呢。我自己五年前想死，不也一直活到了现在嘛……"

"没有——"

辰治笑了。辰治也想过，像自己运气这么差的男人，到了

69

战场上可能会最先被敌人的炮弹击中吧。虽然打小运气就不好，但六年前，也就是满洲事变①爆发的那年，因为一点小小的疏漏被绸缎庄的东家赶了出来，之后便彻底远离了好运，在本已艰难的世道中选了一处更阴暗的角落苟活。

毋宁说这女子说出了自己的心中所想吧。辰治到这家妓院差不多一个小时了，可一直不知该如何跟这女子熟络起来。她说这些倒让辰治对她产生了些亲近感。辰治跟女子保持着距离，也不知该主动说些什么，可这不只是因为他第一次来这种地方。女子将一条细腰带胡乱地系在腰间，领口半敞开着，几乎露出了一边肩膀。不过，肌肤雪白，看得出她还算爱惜自己。迷离的眼神细若游丝，一直望着空中的某处，完全没看辰治。她偶尔会冷不防地问上辰治一句，可辰治回答时她又是一副心不在焉的样子。

"没有没有，我也没想着能活着回来啊……"

辰治笑着回答。望着辰治的笑脸，女子的唇边也露出了浅浅的微笑。

"阿哥你竟然也爱说些晦气话呀……和我一样呢。"

女子离开窗口，总算来到了辰治身边。她将一只手支在矮脚餐桌上，松开了紧握着的另一只手，只见手掌里躺着一朵蒲公英。"春天来了……"女子喃喃道。蒲公英带着泛白的淡淡暮色，女子突然朝那团绒毛吹了口气。蒲公英轻轻飞起，随即

①九一八事变。

开始下落。辰治赶忙伸手接住这团白色的绒球，也朝它吹了口气。两人就像玩气球游戏似的，用吹气让这团绒毛在空中飞舞了一阵子。不久后，暮色变浓，蒲公英竟消失在了茫茫夜色之中。辰治茫然地望着似乎还摇曳在黑暗中的白色影子，想起了刚被逐出绸缎庄时的事。无处可去，漫无目的地徘徊了一阵子后，他来到河堤上蹲了下来，那时也是春天的傍晚。虽然并不是特别想活下去，但望着轻轻飞舞的白色绒球，辰治发现其实生存也是一种漂泊，即便仅仅是漂着，也应该活下去。

接下来的六年，他就这么一直漂着，活到了现在。自己这团绒毛也终于随着那张征兵令一起落到了地面，即将回归大地。

"天黑了。"

女子站起身，开了灯。她将矮脚餐桌上的纸钞推回给了辰治。"你收好吧。"辰治刚刚给了女子二十块钱，女子从中抽出两块，说了句"你可以住下"，便拿去了楼下的收款台，如今这些是剩下的十八块。辰治摇了摇头。

"我已经用不上了。"

他又推回给女子。

"我不值这么多哟。你有这么多钱，可以去美芳町找更漂亮的姑娘啊。你又是第一次……"女子话说到一半就停住了，"我又要说不吉利的话了，说不定这是你第一次也是最后一次跟女人亲热呢。所以还是用这个钱去美芳町吧，我不介意的。"

"不，可能是最后一次，但不是第一次。虽然第一次来这种地方，但我也不是没碰过女人的身体。我真觉得这钱丢河里都比在我手里强，所以，如果有需要的话，你就帮我用了它吧。活到现在，死之前就剩这点钱，想想都难过。我一早就想好了，这钱就给今晚陪我的女人，无论是谁。"

"那你就丢到河里去吧。我不需要钱。"

"你……姐姐，你不会想死吧。活着的话，多少能顶点用啊。"

女子转过头，呆呆地望了辰治一阵子，忽然伸出一只脚，将褥子上放在枕边的香烟够了过来。一边点火一边说："阿哥，如果你不想活了的话，就把我也带上吧。"

她侧着脸，讥讽辰治似的笑着说。等女子丢进空茶碗中的烟屁股熄掉后，辰治说道："我俩都死了的话，这钱就没啥意义了。"

他也学着女子笑了起来。女子用一只手展开皱巴巴的一元纸钞，用手指抚弄着沾在上面的油垢。一共好多张，每一张的褶皱和褪色程度都不同，女子一张张地抻开端详，嘴里咕哝道："都是血汗钱啊！就算是要出征前线了，也没必要把全部财产都砸到偶尔碰到的女人身上啊。拿走吧！有这么些钱，得好好活着才对呀。"

女子把一扎钱用力塞进辰治带来的军服包裹里，随手从里面取出了一顶军帽。她将帽子戴到辰治头上，故作开朗地说："很威武的战士呢。在帽子上加一颗星后再回来吧！尽管要出征了，也不能这么闷闷不乐呀。我去拿些酒来热闹一下。明天要很早出门吧？"

"我想坐第一班火车，因为午饭前得到东京。"

辰治漫不经心地从裤兜里掏出怀表看了一下。虽然是银制的，但链子已经锈迹斑斑了，表盘也有些模糊不清。

"是谁留下的遗物吗？"

"不是，以前在路边捡的。捡的时候就已经很旧了，不过质量很好，现在都很准呢。"

女子拿过怀表，饶有兴致地摆弄了一会儿，突然想起来什么似的说道："我去拿酒来。"

女子说完就站起身走了出去。她的脚步声离开了走廊，过了一会儿又同另一个脚步声一起回到了楼上。女子抱着一个盆子，打开了隔扇，辰治看到她身后跟着一个身着便装和服的高大男子。越过女子的肩头，辰治的目光与那男子利刃般细长双眼射出的目光撞在了一起，那男子赶紧移开视线，径直走过辰治所在的房间，好像进了相隔两三个房间的房里。

女子只给辰治斟了一杯酒。"不好意思，我马上回来，你先一个人喝着。嗯，如果肚子饿了，收款台那里有个阿婆，可以去点些吃的……"

话还没好好说完，她就用力拉上隔扇走了出去。脚步匆忙，听声音好似进了先前那名男子进的房间。

女子一直没回来。辰治在窗边坐下，一边慢慢地自斟自饮，一边望着流经房子背面的河流。河对面是一家大型缫丝工厂，但因近几年经济不景气，好像已经停产，只剩两三个窗口亮着灯。悠闲恬静的春日暮色中，只有那里看上去黯淡萧索。河这边，唯有花街柳巷灯火闪烁，但这些浮着微光的灯火仿佛被切成了块状，没有连成一片，还有不少地方黑灯瞎火，其落寞程度与对岸如出一辙。据说这里曾繁华异常，但如今，由于被明治末期业已开张、靠近火车站的美芳町抢走了客人，这处位于镇子尽头的花楼只能日渐衰落。莫非经济萧条也阻挡了客人的脚步？这一带有的房子干脆支起防雨板，把店都关了。即便是现在这家，据说去年之前还有六位女子，可现在只剩下先前那个女子和另一名年轻姑娘了。窗外的灯光透进窗内，映在辰治的眼中，反倒显得浑浊了。晚风中，女人娇媚的笑声从别处传来，让那浑浊又重了几分。河边的柳树，枝叶还未长全，仿佛被剪刀似的春风削得七长八短，三四棵樱树混在柳树之间，花儿怒放，几乎遮住了枝头，春天特有的淡粉色如同胭脂一般透过花朵的缝隙倒映在河面上。

"春天来了"，辰治想起女子方才对着蒲公英嘟囔的那句话。从窗口能够如此近距离地看到花儿盛开，那女子竟对花的丰饶视而不见，她的眼睛或许已经看不到春天了吧。想想即将奔赴战场的自己，生命几乎到了尽头，而女子虽然拥有漫长的人生，却要在这栋房子里麻木地活下去。两相比较，辰治甚至觉得女子正因人生漫长而比自己更加凄惨悲凉。

辰治来到了走廊上。对面的两间房里透出微弱的光影，落在了昏暗的走廊上。辰治听人说下了走廊尽头的楼梯，往里走就是厕所。正要朝楼梯走去时，他却突然停住了脚步。灯光从隔扇的缝隙间漏了出来，同时传出了女子的说话声。"他有一块不错的怀表哟，我觉得能顺利搞到，可是……"女子停顿了一下，接着说道，"真要干吗？"

"不干的话，我就得遭殃。"男子答道，声音含糊不清。

女子又要接着说些什么时，好像发觉了走廊上的动静。伴着一些响动，女子迅速来到了走廊上，并顺手把身后的隔扇紧紧关住，遮住了整个房间。

"怎么了？阿哥……"

微暗中，女子虽强作笑脸，却掩藏不住内心的紧张。她轻轻眨动眼睛，试图通过辰治的表情判断他是否听到了刚才的对话。辰治笑着说要去厕所，女子明显松了口气。"不好意思，再等我一下……我让别的姑娘陪你一会儿。"说完，也不等辰治回答就从走廊跑开了。

从厕所回来，辰治发现房间里有位年轻姑娘，姑娘说："姐姐让我来的。"辰治想起来了，自己犹豫很久才决定走进这家店时，这位姑娘就坐在收款台旁，无所事事地啃着鱿鱼丝。看上去她很适应这里，十八九岁的样子，操着地方口音，露出桃色牙龈，很聒噪地喋喋不休。

过了一会儿，好似又来了一个客人，姑娘被楼下一个沙哑的声音叫走了。但那一会儿工夫，辰治已打听出被姑娘唤作姐姐的女子的不少情况。那女子名叫清子，到这里已经七年。姑娘是两年前来这里工作的，只是听说过清子的一些情况。她说五年前清子曾和一名客人一同自杀过。

对方不过是个年轻大学生，来过五六次，与清子互生情愫。学生与娼妓之间，除感情之外，或许再无可维系之物了吧。据说两人喝了那学生准备好的药，企图殉情。不过因为发现及时，两人都保住了性命，事情也没声张出去，但自那之后，学生自然就不再登门了。"姐姐说现在都忘了那男的叫什么了。"姑娘的语气里充满了同情。姑娘说，清子对自己很亲，像对妹妹一样，自己被讨厌的客人纠缠时，清子经常护着自己，帮忙应付客人。兴许是因为五年前的自杀事件吧，感觉她对生活已经绝望，平时随随便便的。若是五年前的话，清子应该跟这姑娘一般大吧，可如今已难以想象她也有过与这姑娘同样青春四射的时光。

"老板娘说过，做我们这种生意的女人，男人运有好有坏，姐姐算比较坏的……"姑娘这么说道。

她还告诉辰治，今天来的男子叫龙三，是这个镇子上势力很大的弥岛组里的流氓，在一帮流氓里算是难得一见的实诚人，两年前开始频繁地来会清子。

"那个叫龙三的男人，是不是和谁在打架呀？"

辰治这么一问，那姑娘有点吃惊地睁大了眼睛。"呀，阿哥你也知道啊？"据她说，同一组里有个被大家唤作"秀"的男子，那人因为一些无聊的原因，两个月前恨上了龙三，不久前两人在居酒屋里大打出手，龙三的下巴都被打伤了。

"可你怎么知道的呢？是听姐姐说的吗？"

辰治将姑娘的质疑巧妙地敷衍了过去。

姑娘随即被唤了出去，但她说的这些话被辰治记在了心里。辰治越发可怜起这个连一起赴死的恋人的名字都忘掉了的女子。但是，辰治的身世也很不幸，他根本没有同情他人的余力。

　　被逐出绸缎庄后，辰治先后在火柴厂、冶铁厂等几个工厂打过零工，最后总算在一家木屐店安顿了下来，但很快就收到了军队的征兵令。生活中辰治省吃俭用，好不容易攒下了二十块钱。收到征兵令的当天，辰治就带上这二十块钱离开了木屐店。他对东家说自己要回家乡，可实际上他既无家乡也无家可回，他一直在小客栈里呆呆地挨到了今天——参军的前一天。小时候，辰治经常睡在田里，对于家乡，辰治唯一怀念的就是那时整晚仰望的夜空。

　　就像辰治先后换过很多工作一样，女子在这个房间里也曾接待过数不清的男人吧。即便那个曾打算一起自杀的男人，如今看来也不过是这种时光中的一瞬间而已，现在可能连想起他的机缘都没有了吧。

　　辰治再次打量这个房间，像样的家具只有两件：茶柜和窗边的梳妆台。两件家具的油漆都已剥落，镜面的大部分模糊不清，细细的裂痕歪歪扭扭，将映在镜中的墙壁切得乱七八糟。女子究竟如何去看映在镜子中的自己的脸呢？辰治一边想着这个，一边打开了梳妆台的抽屉。香粉和胭脂的气味混在一起，微甜中夹杂着一股霉味儿，直冲鼻腔。抽屉一角丢着一个月牙形的物件，拿起来一看，发现是一把梳齿掉光了的梳子。

不知何故，辰治将这把梳齿全无的梳子同女子五年前的自杀事件联系在了一起。他对着手上的梳子望了一会儿，又把它放回抽屉，接着趴在了褥子上。矮脚餐桌上放着女子留下的香烟，他拿起一支放进口中，伸手够到火柴，正要擦着时停住了。他无意中看到茶柜旁的阴影处放着一堆零碎东西，里面竟然有一盏煤油灯。煤油灯上方的灯罩做成了牵牛花的形状，花的边缘破损了一半，从旋钮往下是筒状的玻璃灯座，上面布满了蜘蛛网一般的裂痕，里面还剩不少煤油。很小的一盏煤油灯，灯芯是圆的。扭动旋钮，煤油就会一点点渗进灯芯头，同时散发出一股煤油味儿。辰治擦亮火柴，点着了煤油灯。开始时灯芯头好似被卡住了，只有一点小小的火苗，但很快就像一个活物一般膨胀起来，成了火焰的形状。褪色的彩色玻璃灯罩在火光的映衬中重新闪耀出红色的光亮，尽管这朵牵牛花被闪动着的焰火撕成了碎片，但它似乎依然坚守着最后的美丽。这时，传来隔扇被拉开的声音——

"久等了。"

女子回来了。

"没有，挺好的……"

女子关了电灯，在煤油灯微弱的红色亮光中，她的身影有些模糊。她凑到辰治身边，学着辰治的样子趴在了褥子上。"这盏灯竟然没坏啊……"她盯着煤油灯，露出难以置信的眼神。

她说去年一个唤作雪江的女子辞去了这档子营生，离开时

78

留下了这个东西。而她一直以为灯是坏的，便把它扔在了一边。"真的呢，竟然点着了……"女子依然惊讶不已。她转过头，笑了起来。红色的灯光下，她那原本就细的眉毛似乎消失不见了。

"阿哥的眼睛里也有一个小小的火焰呢。"

女子盯着辰治的眼睛，像逗辰治似的。接着她突然止住了笑容，像逃避辰治眼中的火焰一般，将视线移到了煤油灯的火光上。

"阿哥，你有喜欢的人吧？"女子问道。

"没有——"

"不是现在，过去总有过吧？"

辰治默默地看着女子领口处摇曳的光影。三年前，在火柴厂做工时，辰治曾与在伙房干活的一位姑娘发生过关系。那姑娘喜欢的不是辰治，而是和辰治一起干活的男子，可那男子要与厂长的幺女结婚了。夏天的一个晚上，姑娘躲在仓库的暗处哭泣。辰治摇着她的双肩试图劝她别哭了，可怎么就把姑娘压在了身下呢？辰治当时也没搞明白。姑娘没有反抗，只是哭出了声，辰治却飘飘欲仙。一个月后，姑娘没跟辰治打声招呼就辞工回了老家。因为对那姑娘也不是格外喜欢，所以当听说她嫁给了同村的男子时，辰治也没什么特别的反应。两人的关系仅此而已，唯一记得的就是松开姑娘的身体时，突然传入耳中的蚊子的嗡嗡声，还有身上各处泛起的瘙痒。被问到有没有喜欢的人时，假如记忆中有这样的人的话，那也只有那晚的姑娘了。不过，仔细想想，辰治也记不起那位终结自己童男之身的女人的名字了。

"要是有喜欢的人，就用她的名字叫我吧。"

"你也对其他客人这么说吗？"

"大家不都是来睡我的嘛。谁都无所谓啦，我可以作她们的化身……澄子、松子、千代、春子、秋江……做生意嘛。阿哥喜欢过的女子叫什么？"

"我……"辰治欲言又止，突然小声咕哝道，"清子……"

正要把头发拢上去的女子停住了手。手指埋在黑发中，整个人愣住了似的一动不动。

"我没有特别喜欢的女子，我就想跟你亲热。"

远处房间响起夸张的笑声，似乎是先前的那个姑娘，接着一阵匆忙的脚步声从房门口经过，可能是有人要去厕所。女子安静得出奇，一直一动不动地呆坐着。不久后，她伸手拔下插在发髻上的发梳，用指腹拨弄着梳子的齿尖，看样子她在专心听着梳齿奏出的琴声般的小调儿。那把梳子和梳妆台抽屉中的梳子一样，一半梳齿都脱落了。

"很奇怪吧，这把梳子……"

女子先说话了。

"梳齿好像容易掉呢。"

女子摇了摇头。

"干这种营生，遇到的也不全是讨厌的客人。有时也会有就算做正经营生也遇不到的好男人呢。一旦遇到那样的男人，我就会掰掉一根梳齿。"

说完，她就用拇指扒住了一根梳齿。稍稍犹豫了一下后，狠狠把它折弯了。一个细微的声音响起，折断的梳齿刺入了女子的指尖。她像拔刺似的，用嘴巴咬住那根梳齿把它拔了出来。鲜血静静地流了出来。

女子紧紧抓住辰治下意识伸出的手，转头望向了辰治。女子目光炽热，眼神比手上的力气还要强烈。她用力地凝视着辰治，辰治甚至以为她生气了。女子的眼眸深处闪着煤油灯的光亮。一串红色的水滴顺着脸颊滑落，仿佛是从那亮光中滴落的。

女子用衣袖蒙住了辰治溢满困惑的脸，将他拉向自己胸前。

晚霞炫目，几只乌鸦舞动着黑色的翅膀，越来越多的乌鸦飞来，天空被密密麻麻的乌鸦分隔成小小的碎片。辰治不知道自己是活着还是已经死了。他仰面倒下，望着迅速被乌鸦的黑色翅膀遮蔽的天空，身体无法动弹。很快，最后的碎片被抹掉，寂静的黑暗降临了。黑色翅膀的喧闹不知何时完全化作夜晚的黑暗，辰治躺倒的身体仿佛浸入了悄然无声的寂静之中。"阿哥……阿哥……"幽暗的某处传来女子的呼唤声，辰治终于睁开了眼睛。

房间里黑黢黢的，与梦中的夜空颜色相同，辰治看到一个女子正担心地望着自己。

辰治下意识地从褥子上坐了起来，呓语般地咕哝着："第一班车还没……"

伸手去抓裹在包袱皮里的行李。女子笑着挡住了他的手。

"才九点呢。你也就睡了两个小时。"

女子将放在枕边的怀表递到辰治手中。表针指着九点不到的位置。辰治记得两人交合之后，从走廊里面的房里传来一个男子的叫声，女子就又出去了，不过她很快又带着酒回了房间。"不好意思，再等我一下。"当时女子一只手朝辰治作了个揖，另一只手扒着隔扇问道："现在几点？"辰治从脱在褥子旁的裤子兜里掏出怀表看了看，答道："七点。""啊，才七点呀。不过现在夜长了嘛。"女子像解释似的说完，就拉上隔扇走了。过了一会儿，辰治到窗边坐了下来，一边望着挂在工厂屋顶上的月牙，一边一杯接一杯地喝着酒。意识不知不觉模糊起来，他连自己是怎么回到褥子上的都不记得，竟然就这么睡着了。

"我睡着时没有惊叫吧？"

"没有，特别安静，连喘息都听不到，我担心你会不会死了，所以叫醒了你。"

在梦中，辰治的确以为自己死了。

"你回来好一会儿了吗？"

"刚回来。之前回来了一下，看你睡着了……你知道的吧，对面房间也来了客人。刚刚突然来了很多客人呢。今晚老板娘回老家参加葬礼了，只有阿清婆一个人，我这个资格最老的员工不得不应付各种情况。"

"你只伸头看了看我，没有进来吗？"

"嗯……你怎么知道的？"

辰治感觉正要睡着时看到了女子的后背。晚霞中，女子缩着双肩蹲着的背影虽然朦朦胧胧，却又感觉近在眼前。那也是在梦中吧。辰治觉得梦到乌鸦就在那之后不久。

辰治正想回答时，从走廊传来了脚步声。女子急忙站起来开了灯，并拉开了隔扇。辰治看到走廊里有一个男人的身影。

"要回去了吗？"

男人"嗯"地点头回应了一下，又冲正看向自己的辰治轻轻点了一下头。男人的眼睛就像用赌徒专用的剃刀刀刃割开的一般，又细又长，眼神惊人地黯淡。下巴上被叫秀的男人搞出的伤口还很清晰。

女子将男人送到楼下，不久后就一手拎着一个新酒壶回到了房间，随即用脚拉上了隔扇。女子只给辰治倒了一杯酒，自己则将斟在茶杯里的酒一口气喝掉了半杯，之后突然重重地吁了口气，目光也随之晃动起来。虽然眼神不定，但她死死地盯着辰治的眼睛，想要从中求得支持。果然发生了什么——辰治心想。睡着前在走廊听到的那些话一直卡在辰治心间。女人问"真要干吗？"男人答"不干的话，我就得遭殃"。或许因为是隔扇对面传来的声音，辰治总觉得那些话里暗藏着阴森森的血腥味儿。虽然什么都不知道，但今夜将要发生一些事情。就在刚才，听到男人的脚步声时，女子慌慌张张地打开了隔扇，这让辰治有些纳闷。辰治在去厕所的路上听到了两人的谈话声，那时来到走廊的女子急忙把隔扇关上，一副不想那男人被看到的样子。可女子刚刚又为何毫不犹豫地拉开隔扇，故意让辰治看到男子的身影呢？辰治感觉在自己睡着的近两个小时里，女子和那个流氓龙三之间肯定发生了什么。女子似乎有什么事瞒着辰治。她好像想对辰治坦白什么，却又一直说不出口。她热烈地注视着辰治，眼中仿佛晃动着犹豫不决与几分醉意。

辰治站起身，迎着窗口吹进来的夜风。月牙挂在工厂的屋顶上，看上去好似从空中伸出一只钩子吊起了屋顶。辰治感觉听到了女子的叫声，回头望去，却看到女子沉默的背影。煤油灯的亮光依旧微弱地闪烁着，几乎被电灯的光碾碎了似的。辰治走过去，把煤油灯熄了。这时，辰治想起在走廊上听到女子说的那句话——"他有一块不错的怀表呢。"辰治想，女子说的怀表应该是指那块吧，他随即朝丢到褥子上的怀表望去。

女子抓起怀表。

"阿哥……"

她似乎想要说什么，可是，在与辰治的目光交汇时，她又摇了摇头，将要说的话咽了回去。她将手肘支在矮脚餐桌上，来回转动着从手指上垂下的细小烟花般的银色表链。虽然旧了，但灯光下，银色表链在转动时依旧闪闪发光。怀表的背面是一面镜子，辰治的脸和女子的脸轮番映在上面，好似转着的走马灯一般。

"你问过这是不是谁的遗物，如果是的话，就是我的……"辰治说。

女子满眼疑惑地望着辰治。于是，辰治讲起了六年前的那

84

个春天，被赶出绸缎庄后，漫无目的地走到一条不知名的河堤上，他感觉已经无路可去，在河堤上蹲了很久，脑中一片空白，自己也不清楚那么久的时间里都想了些什么。乌鸦的叫声和翅膀扇动的喧闹声让辰治回过神来。一只乌鸦停在路边不远处，兴许是受伤了吧，正痛苦地叫着，用力扇动翅膀却飞不起来。辰治走近一看，才发现这只黑色的鸟儿脚上缠着一条细细的锁链。辰治为它解开了锁链，乌鸦叫了一声，迅速扇动的翅膀遮住了辰治的脸，随即飞向了高空。银色的锁链上系着一块怀表，表针还在有规律地走动着。可能是谁将它遗失在了白色的河堤上，乌鸦刚好停在了上面吧。听着表针的声音，辰治明白过来自己在河堤上这么久都想了些什么。想自杀。自己在想投河自尽，在思考怎样自杀。总算意识到刚刚一直在思考自杀时，死亡也在表针的跳动声中离开了辰治。辰治感觉，那只乌鸦并非停在路边，而是在自己的心中不停挣扎。那只鸟就如同死亡一般，眼下已经飞向西边的遥远天际。乌鸦的身影越来越小，随即消失在了山的另一边。夜色仿佛从山间涌出，染黑了整个天空。虽然不想死了，但辰治也没有特别想活。他继续在河堤上蹲着，望着闪着白色微光、在昏暗夜风中飘动的蒲公英，心想，尽管不是特别想活，但可能会活下去吧。或许这块怀表就是那时放弃自杀的一个纪念吧。

"结果没想到，过了六年，我又无路可去了，仿佛回到了当年的河堤上。"

辰治用笑容掩饰沙哑的声音。他想，之所以说出这些，就

85

是因为刚刚在睡梦中突然听到了怀表的声音。那声音让他想起了那时的乌鸦，想起了被乌鸦乌黑发亮的翅膀遮蔽住的整个天空。

女子让怀表滑落至一边袖筒里，然后像掏袖兜一样挽起衣袖，贴在了耳朵上。

"好美妙的声音……阿哥，你活下来了，因为这美妙的声音。"

女子说着，将袖筒贴在了辰治的耳朵上。

咔咔咔——在河堤上捡起它时也是这个声音，如今又从黑黢黢的袖筒中轻轻传出。辰治由这种声音联想到了黑色佛珠，他在心里默默想着，自己这次真的要死了，明早一到，就要踏上死亡之旅了，这种声音也听不了多少次了吧。

这流动的声音仿佛消磨催促着最后一夜的逝去，辰治心里很难受，他推回了女子的衣袖。女子从袖筒里掏出怀表，放在了辰治面前。她喝干茶杯中剩下的酒。

"我刚刚说要热闹一下为你庆祝，还没庆祝呢。"

说完，女子突然打起拍子，大声唱了起来。"我老家过节时唱的……"唱着唱着，她突然停下来说了一句。虽然是过节时唱的，但曲调有些哀伤，声音也感觉有些上不去。辰治本想今夜和这女子默默地依偎着就可以了，没想到受她感染，自己也跟着拍起手来。

听着这深夜响起的歌声，辰治感到女子那佯装轻快的歌声不仅是为了自己，也为了她本人。她肯定在隐瞒什么，心里藏着什么不可告人的秘密。虽然无法确定是什么秘密，但辰治从女子的歌声中清晰地听出了类似凶兆的幽暗感觉。

辰治的感觉很准确。差不多三个小时后，两位警察来到这栋房子里。当时，怀表的指针正要指向零点。

楼梯处传来慌乱的脚步声。"喂——"好似阿清婆的沙哑声音从隔扇对面传来，女子正躺在辰治旁边，她刚刚从榻榻米一角捡起黄昏时飘落的白色绒毛。绒毛形状还没散，依旧是圆的。阿清婆将隔扇拉开了一点，靠近女子耳边悄悄说道："警察来了，说秀被人用刀捅死了，还问龙三在不在。"

女子听完大惊失色，声音都吓得发抖了。她面无表情地去了楼下。辰治来到走廊上，偷偷从楼梯上朝收款台望去。两个戴着鸭舌帽的男人正在询问龙三的住处，一眼便能看出是警察。女子一只脚踏在楼梯的最后一级上，有些不耐烦地说："龙三啊，他九点钟就走了。嗯，我也没问他去哪儿……"

"九点？确定吗？"

"那我把房间里的客人叫来好了。那人应该清楚地记得龙三离开的时间。"

女子说完就缓缓爬上了二楼。辰治前脚刚进房间，女子后脚就跟了进来。

"你还记得吧，下巴受伤的那个男人是九点钟走的，对吧？他叫龙三，你醒来时看过表，在那之后不久……不好意思，能麻烦你对楼下的警察说一下吗？"

辰治站了起来。本以为直接走出房间就行了，但走到门槛处时，女子几乎撞到突然回头的辰治。她吃惊地往后退了一步。辰治背着手，将隔扇紧紧地拉上了。

　　"那个龙三杀了叫秀的男人对吗？"

　　"没有啊。阿哥你只需对警察说龙三是九点离开的就行了。"

　　辰治打断了她的话，用手堵住她的嘴，把她按到了墙上。辰治冲着试图反抗的女子一个劲儿地摇头。

　　"你没必要隐瞒。我知道我睡着时你进房间将怀表调快了一个小时……"

　　女子似乎被辰治吓住了，不由得瞪大了眼睛，眼神中闪过一丝痛苦，黑色的眼眸看上去像碎了一般。但辰治此时已经顾不上关注她的眼神了，好多话瞬时涌入脑海，快得就像说绕口令时的语速一般。果然是这样啊。这个叫龙三的流氓说"不干的话，我就得遭殃"，原来是不杀秀就得被秀杀掉的意思啊。被秀伤了下巴的龙三知道秀的恐怖，所以决定要先下手为强。女子帮了他的忙。辰治隐约觉得自己弄明白了，包括女子为何将怀表调快一个小时。但是，在女子告诉警察自己的客人知道龙三离开的准确时间之前，辰治未能将两件事联系到一起。"干了蠢事啊——"辰治咋了一下舌，他感觉自己醒悟得有些迟了。警察就在楼下，眼下十万火急，可他才搞明白事情的经过。

　　"龙三其实是八点钟离开的，但姐姐你让我误以为龙三是九点钟走的，还想让我对警察这么说。为什么？"

女子已吓得魂飞魄散，辰治摇着她的肩膀。

"磨磨蹭蹭的话会被警察怀疑的，姐姐你尽可以相信我。我明天就要参军了。就像姐姐你说的那样，我肯定无法活着回来。所以，为了你，我什么都可以做。所以……请你告诉我！姐姐你跟龙三到底在谋划什么？"

"龙三与秀约好了九点钟在桥上见面，从这里走过去得一个小时……收款台的座钟坏了，我觉得阿清婆和其他姑娘也不会留意时间……我想警察今晚肯定会来问我，所以就想着像你这样的稀客如果能对警察说看到龙三九点钟走了的话，龙三就不会被问罪了……"

"干了蠢事……"辰治再度咋舌摇头。假若辰治不用双手抓着女子的身体，她看起来就要顺着墙瘫倒在地了。辰治手上更加用力了。

"没时间多说了。姐姐你听好了。接下来无论我如何回答警察的问话，你都别吃惊，只需要说'嗯'就行了。"

"可是……"

女子猜不出辰治在想什么，眼皮不停地抖动。

"你只需要说'嗯嗯'就行了。你刚刚在警察面前演得很好啊，接下来也可以的。"

说完辰治就将迟疑不决的女子推出了房间，自己也跟在后面下了楼。他虽然担心自己不如女子演得好，心里七上八下，但还是拼命装出一副平静的样子。

"刚刚大概听这个小姐说了一下，但秀被杀的地方离这里有多远呢？"辰治问道。

警察回答说在良缘桥桥底，就像女子说的那样，快走也得一个小时。一名路过的男子听到叫声跑上前去，结果发现柳树下有一具男尸，上半身浸在河中，腹部被一把厚刃尖菜刀捅了两三刀。虽然看到有一个人影逃向远处，但也只能判断出那是个男人的身影。辰治感觉等待有人路过时才发出哀号的那个人正是龙三。他之所以故意那么做，是为了让行凶时间更加明确。龙三和女子的阴谋顺利得逞了，除了一处败笔——辰治问警察人是几点被杀的。

"十点——龙三如果九点从这里离开的话，那凶手肯定是他。"

辰治仿佛清楚看到身后的女子脸色大变。为了转移警察的注意力，辰治快速说道："不，我看到那个叫龙三的男人是十点钟从这里走的，所以人不是他杀的。"

"十点？可这女的刚刚说龙三是九点走的啊。"

"这位小姐应该是不知道准确的时间。她和那个叫龙三的男人在一起逍遥了近两个小时呢。我一直偷偷往他俩的房间里看，看得我都脸红了。她自己可能觉得是一个小时，但其实有足足两个小时呢。对吧？小姐，不好好向警察交代的话，后果很严重哟。"

"嗯……这么说来……"女子脸色煞白，但努力这么答道。

"警察，我和这个女的，还有叫龙三的男人都素不相识。

90

希望你们能相信我的话。"

不知道辰治所言能否被采纳，但两位警察交换了一下眼神，互相点了点头，再一次向辰治确认了十点这个时间之后就离开了。

女子像失去了支撑似的瘫坐在了楼梯上，阿清婆纳闷地看着她。辰治拉起女子的手腕，将她带回了房间。

女子瘫倒在榻榻米上，她求助地仰望着辰治，说："我骗了阿哥你，龙三其实是八点走的……可为什么……秀迟到了一个小时呢？"

"迟到的人是龙三……"

恐怕秀也想杀了龙三吧，所以强忍着等着一直不来的龙三一个小时。辰治如此想象。

"可是，龙三八点钟从这里离开……走得再慢，到良缘桥也不用两个小时啊。而且，为了九点准时到达，他肯定会快步前往的呀……"

辰治没有理会女子的这个疑问，他问："你知道我是怎么发现你将怀表调快了一个小时吗？"女子摇摇头。

"火光表呀。"

——？

"这个房间里还有一个表呢。"

辰治将视线投向枕边的那盏煤油灯。

"盛油的灯座上有裂痕，虽然乍一看看不到，但可以当刻度用，它就等于一个装置，可以测量多长时间耗多少油。姐姐

91

你说我睡了两个小时，可油只耗了一个小时的量……"

辰治睡着的那一个小时在小小火苗的燃烧中悄悄溜走了。没了火，煤油灯又恢复成一个蒙着灰尘的无用之物。头发散乱，瘫坐在榻榻米上的女子看上去像一具尸骸。

"你早就知道了啊……"

女子喃喃道。辰治缓缓地朝她点了点头。

"不过，骗人的不是姐姐你，而是我。"

辰治将怀表拿在手上。时间早已过了零点，已是第二天了。辰治抬起头，看向女子。女子正茫然地望着辰治，满脸困惑。辰治盯着女子，平静地说道："在姐姐把怀表调快一个小时前，我将表拨慢了一个小时。睡着前，你曾问我几点了，当时我说七点，其实那时表针已指向八点，我骗了你。为了配合这个谎言，姐姐你一出房间，我就将表针拨慢了一个小时。所以，你只是将表针调回到了准确的时间而已……"

辰治靠着拉窗坐了下来。春夜里，墨色的天空中白云浮动，星星在云中忽隐忽现。难以相信在与这片美丽天空相连的地方正在发生战争，而且不停有人倒在枪林弹雨中。或许在方才的梦中辰治也倒在了战场上……如果能像儿时记忆中那样，呆呆地仰望着天空死去，可能也是一种幸福吧，辰治如今这么想着。他从小就喜欢看月亮，对月亮的移动规律十分清楚。九点钟睡醒后，辰治打开拉窗看到细细的月牙还挂在工厂的屋顶上。如果自己睡了两个小时的话，月亮应该已经沉到紧贴着屋顶的位置了，可月牙看上去依旧像挂在从空中伸出的一只钩子上，这说明自己仅仅睡了一个小时而已。但是，怀表现在显示九点，不可能是女子又将表调回了准确时间吧。女子出去后，辰治明明将表调慢了一个小时啊——这么看来，的确是女子又将时间调了回去。

辰治最初只是觉得女子发现表慢了，所以调了回去。可后来看到女子不正常的举动，就认定她是故意将表调快了一个小时。女子想方设法，找准时机将表调快一个小时，又故意灌醉辰治，让他无法发现表的时间不对。接着刚好辰治睡着了，她就实施了自己的计划。

愚蠢——辰治数次想到的这个词此时再一次浮现在脑海中。女子自以为将表调快了一个小时，其实不知道是将表调回到了正确时间，结果对警察说"九点钟离开"，讲了对龙三不利的话。

"收款台那里的挂钟坏了，我利用了这一点。"

"为什么？"

辰治叹了一口气之后笑了。

"姐姐你说过要和我一起去死对吧？……你可能是开玩笑说的，但我当真了哟。我觉得姐姐你的话，真有可能跟我这样的人一起死……我肯定会死在战场上。我也不怕死。就像刚刚跟你说的，我以前想过死。我不是不肯死才活到现在的。但是，一想到在遥远的战场上一个人孤零零地死去，心里还是很难受的。明天早上，假如我误了第一班车，就成了叛国贼。我感觉，如果明早你发现因为表慢了一个小时，我无可挽回地成了叛国贼的话，姐姐你应该会因此同情我。我感觉那时我要是跟你说和我一起去死吧，以姐姐你的性格，是可能会同意的。听说这种地方有女子因同情萍水相逢的男人而一起殉情……不，我也知道姐姐你说跟我一起死只是逗我而已，可我还没遇到过一个哪怕是跟我开这种玩笑的女人。到现在为止，从未有过哪个女人把我当回事……所以，虽然我知道你是在开玩笑，我也愿意当真。愿意相信有一个女人肯为我舍命……"

女子目不转睛地盯着辰治，辰治的视线从女子的眼睛移到了怀表上，再度轻轻笑了。辰治和这个萍水相逢的女子——两人同时将赌注下在了这块怀表那一个小时的错乱上，但都失败了。不，如果警察多少相信辰治讲的话，这个叫作清子的女子就能免于失败了吧。

"你知道那个叫龙三的男人现在怎么样了吗？"

"他暂时藏起来了，约好了黎明时来这栋房子的背后。"

辰治让女子将包着军装的包袱拿过来。

"他可能会提前来。龙三现在应该发现了问题，正惊慌失措呢……警察若相信我说的还好，但即便如此我觉得他们也不会完全排除对龙三的怀疑。你们俩最好做个一起逃走的打算，这么一来，这笔钱多少也能派上点用场了……"

辰治从包袱里掏出女子先前硬塞回去的钱，放到了女子手上。女子怔怔地盯着钞票看了一会儿。

"……我也和阿哥你一样呢，并非不肯死才活到了现在……

我也不是真的喜欢龙三。总感觉活在这个世上，如果不喜欢个男人，就没有活下去的理由……虽然客人里也有待人好的，可仅仅在一起一个晚上，很快就会忘了他们的长相。没什么能记在心里的，活得真没意思……"

钞票从女子的指缝间滑落，女子用空出的双手捂住了脸。

"……不过总算还有一件好事……"

她没有出声，哽咽着堵住了将要从喉咙里迸发而出的哭声。

辰治突然想起什么似的起身望向窗外，原来是在黑夜中寻找樱花。夜越深，花色越浓，散落在河面的花瓣让人想到从女子的脸颊上滑落的泪滴。不仅仅是我帮了她，辰治想。

自己也从她那里得到了安慰吧。女子说怀表的声音就是辰治的生命之音，她没有发现，正是她将那鲜活的生命之音还给了辰治吧。向女子敞开心扉，将沉积内心的苦楚悉数倒出后，辰治顿感轻松。此时，怀表清澈的声音再度响起，它的确在不停地强调着生命的存在。无论女子还是命运，或许都无法拯救身处战场的辰治。但小小的命运借由女子之手，使眼下的辰治摆脱了死亡的纠缠，给了他真实的生命。不知道女子明天会怎样，她毕竟协助他人杀了人。她可能会遭到惩罚。如果那样，自己就帮不了她什么了。自己也只能帮到此时此刻的女子……

辰治一动不动地盯着对岸，双眼满含花色。

"开得真美啊！"

女子在辰治的声音中回过神来，靠近了辰治的身体。盛满泪水的眼眸茫然地望向樱花的方向。

"阿哥，我跟你一起死吧……"女子侧着脸说道。

"好啊……"

辰治笑着回答。女子对着辰治默默地摇了摇头，拉着辰治的手让他在矮脚餐桌前坐了下来。她拿起枕边的煤油灯，故意将它丢在了桌子上。玻璃碎了，剩下的一点点煤油流了出来。女子握住辰治的手，将辰治的小手指和自己的小手指一起在煤油里浸了一下，然后起身关了电灯。

女子的身影在黑暗中模糊地浮现。她在榻榻米上坐了下来，不久后传来擦火柴的声音，遮在胸前的一只衣袖随即在怪异的光亮中凸显出来。衣袖拂开后，露出了一束小火苗。刚开始看上去好似从裸露的胸口喷出了小火苗，但定睛一看，才知道是按在胸前的手指烧着了。

她的小手指在燃烧。指甲成了灯芯，像蜡烛一般燃烧着。

女子用另一只手抓过辰治的手，将指甲上的火焰传到了辰治的手指上。辰治的小手指染上了女子手指上的火焰，也无声地点燃了。

女子蓝色的夹衣上方笼罩着一层火光。感觉到了热，却不觉得疼，真奇怪！辰治感觉体内的血液聚到了手指上，变成火之后流了出去。火苗在风中跳动着，却异常安静，手指落在矮脚餐桌桌面上的影子忽浓忽淡，好像沙画一般若隐若现。

两人一直沉默不语，只有怀表的声音不断响起。那声音仿佛被吞进了火里，化为佛珠的清澈响声，消失在黑暗之中。女子从指尖火苗的对面凝视着辰治，唇边浮出了浅浅的微笑。辰治虽然感觉身体像被慢慢抽空了，但知道自己还活着。历尽千辛活到了现在。仅仅是为了和这女子共度一晚才活到了现在。无论这个女子，还是自己，都没有活出人生应有的意义。但是，在这随波逐流般的人生的某一刻，竟然燃起了如此美丽的生命之火。

两簇火焰贴近了，圆形的火光化作一个光环。火焰融合，向上飞起。尖端分为几条，好似波纹一般。那一刹那，曾经忘却的疼痛以惊人的速度穿透整个空壳般的躯体，仿佛遭遇了枪击。辰治和女子几乎同时向后方倒去，就在此时，一阵疾风吹进来，吹灭了交缠在一起的火焰。房间再度陷入黑暗。痛苦只是一瞬间，很快便像浪潮一般退去。辰治觉得有东西顺着自己的脸颊滑落。他感觉两个生命在刚刚那一瞬间被点燃了，两人一同死去了。

"这么一来，阿哥你的身体就死过一次了呢。"

黑暗中传来女子的声音。

"我可以不用死在战场上了。我一定能活着回来……"

火　箭 —————

伊织周藏，战后日本画坛的重量级画家，画风独特怪异，自成一派。下午一点，其葬礼在位于国分寺的自宅中举行。

野上秋彦与总编一起参加了葬礼。野上在位于竹桥的一家大型出版社担任美术杂志的编辑。

伊织死于前天早上，灵前守夜仅仅一晚，葬礼不免显得仓促。报纸报道其死因为"脑中风"。据说他在熬夜完成了一幅从去年年底开始创作的画作后，走出画室便倒下了。年仅五十四岁，死得很突然。

在报纸上看到他的年龄时，野上稍感惊讶。才这个年纪啊，确实有些意外。不过，之前野上也并非不知道伊织周藏的年龄。对伊织的个人情况，野上甚至比美术评论家还要熟悉。因为从学生时代起野上就对伊织的画倾心不已，五年前因工作初次拜访位于国分寺的伊织宅邸后，他就以差不多每月一次的见面频率与伊织夫妇保持交往。

但是，现实中的伊织白发苍苍，骨瘦如柴，给人感觉老人气十足，这让知道他实际年龄的野上也忘了他的年纪。初次见面时，野上的脑海中浮现出"活尸"一词。他不由得想到了骷髅，这副模样，许是被自己创作的百余幅画作的美吸去了血肉，甚至几乎夺去了整个生命吧。伊织双颊瘦削，眼窝深陷，的确形同骷髅。感觉只有眼眶深处那炯炯有神的眼眸才是这位画家的生命所在。

伊织之所以显得比实际年龄老很多，经常跟随在旁的夫人比较年轻也是原因之一。夫人彰子本就比伊织小一轮，本人看起来又要比实际年龄年轻五六岁。妻子的年轻对比出丈夫的苍老，反过来，丈夫的苍老更衬托出了妻子的年轻，这使得他们夫妇站在一起时，年龄差距看上去甚至超过了父女。野上比彰子年轻几岁，虽然从实际年龄来看，他与伊织如同父子，但野上却莫名感觉伊织比自己的祖父还要年迈。

报纸上登载的伊织周藏近照，看上去也早已年逾古稀。

挂在国分寺宅邸大厅祭坛上的遗像亦是如此。伊织夫妇没有孩子，丧主席上只有夫人彰子，她坐在遗像旁，看着更像是女儿。虽然身穿丧服，未施粉黛，但彰子的年轻呈现出与葬礼不协调的美丽。

昨晚，灵前守夜时野上前来拜祭，听说夫人因丈夫的突然离世深受打击，一直在里间躺着，没有会见任何人。但此刻坐在丧主席上的彰子，脸上看不出憔悴之色，两条细细弯弯的眉毛可以说是她的面貌特征，反倒比平时看起来更加醒目刚毅。

葬礼在两个小时后结束了。目送彰子带着一众亲属去了火葬场之后，野上与总编被带到了会客室。等尸骨火化完，彰子会回来展示伊织死前完成的画作。野上自不必说，总编之所以在百忙之中专门抽空前来吊唁，正是为了这个。

会客室里等待伊织夫人归来的不止野上二人，还有身着礼服的其他几位。伊织周藏讨厌社交是出了名的，但也有几位关系密切的画商和评论家朋友。这几位此刻都坐在这里，想尽早看到伊织的遗作，内心无比激动，表面却是一副葬礼来宾应有的沉痛表情。

创作期间，伊织不许他人靠近画室，妻子彰子也不例外。他只字不提自己在画什么，因此画作完成之前根本无人知晓。但这次稍有不同。去年十一月，野上听伊织亲口说过，"故去的父亲有篇题为《火箭》的小说，接下来打算画这个"。

伊织的父亲是一位作家，在战前文学史上小有名气。留下近二十篇根据历史故事创作的小说，其中大多为短篇，主要以平安时代之前为背景。伊织周藏十年前画风突变，从抒情世界转为具有叙事性的古风历史画，据说就是因为受到父亲小说的影响。《火箭》在其亡父的小说中知名度最高，似乎在战后不久被拍成过电影，也曾被新派剧团搬上过舞台。

小说大概讲述了一个男人在一之谷之战中落败，逃难至出云山峡，十余年后，听闻留在都城的妻子与另一名男子结合，便登至山顶，朝都城连放三支火箭的故事。据称是根据当地传说创作而成。

有人指出，这虽然是一部短篇小说，原稿纸也就二三十页的篇幅，但最后从山顶放出火箭那部分画面感极强，所以深深吸引了最近开始主张绘画需兼具叙事效果的伊织。

"不，将那部小说创作成画作的构想早在十年前就有了。"伊织曾这么说道，"它将成为我的最高杰作，你们杂志要好好宣传一下哟。"他从未如此高调过，而且好似对其他人也这么说。野上第二个月就将他的话登上了杂志，但在那之前，传言就已不胫而走，说什么伊织周藏正以《火箭》为主题，潜心创作超越《月下宴》的作品。《月下宴》是一幅以藤原道长咏叹"此世即吾世，如月满无缺"之盛宴为主题的宏大画作，在近十年的历史画中评价最高。之后，野上每次到访，伊织都兴奋地表示"简直是拼上性命在画啊"！两周前，野上再次到访，做梦也没想到那竟然是最后一次见伊织。伊织声称"马上就要完成了"，眼睛似乎比以往陷得更深了，但眼眸中洋溢着心满意足的笑意。

在会客室等待期间，野上听到一位貌似画商的男人对坐在旁边的男人说："三天前接到过先生的电话，他说画已基本完成，效果非常满意，想找个大型美术馆买下来。听起来特别开心呢。"

野上和在座的其他人都不曾见过那幅画，只能一言不发地透过窗户向院子里望去。还是春天，但樱花在半个月前就已凋零，阳光给院子里的草木染上了初夏般的翠绿色。五年来，野上对这个院子已经非常熟悉了。每次来访他都会被带到这间会客室，传闻中很难伺候的伊织一见到论年龄可以当自己儿子的野上就会笑逐颜开，讲起话来也是滔滔不绝。他死得太突然，野上无法相信，混沌的大脑里充满了疑虑，伊织的死对自己会产生怎样的影响呢？

日头开始西下时彰子回来了。她首先来到了会客室，对大家恭敬地鞠了一躬。"让大家久等了。"

客人们跟着彰子走过中院旁的狭长走廊，进了位于深处的画室。野上还是第一次踏入这间画室。从宅邸的宽敞程度完全想象不到画室会这么小，只有十叠左右，是一间极其寻常的日式房间。三面被拉门围着，挂在壁龛里的书画不是伊织的作品。中间的三张榻榻米被切掉了，铺着木板，那张画在木板上放着。野上最后一个进入房间，站在后面越过客人们的肩头俯视着那幅画。

画的大小为横七尺纵六尺，偌大的画布几乎都被涂成了黑色。但那黑色浓淡不一，有着微妙的变化，不过说是一片黑也不为过。然后，在这片夜空般漆黑的正中偏上的地方，有一支点火的箭从画面的右边飞向左边。

就是这么一幅画。

野上最初觉得别扭。隐约感觉与想象中的完全不同。本以为应该是故事性更强的画，但画面上只有一支点了火的箭，无法构成任何故事。结合伊织近十年的画风来看，应该会细致地刻画出亡父小说中的出场人物与风景，色彩超出《月下宴》的华丽才对啊。可这幅画是一片漆黑，唯一的色彩只有箭的顶端燃烧着的火焰。从这点来看，只能说令人失望。

然而，最初的别扭散去后，那一点极小的火焰显得异常醒目。单看箭头，感觉它是静止的，但视线稍稍后移，将它放置于黑暗的背景之中去看时，它就仿佛正以凌厉的势头飞着劈开了那片黑暗。那火箭就似刚刚离弦一般，画面甚至传出了未入画的弓的回弹声与箭刺破虚空的声音。火焰的颜色和线条都重叠了几层，看起来像裹着风一样。落日余晖隔着恰好朝西的拉门射了进来，火焰吸进太阳的光芒而迅速膨胀，眼看着就要变成真正的火燃烧起来，将大片的黑暗吞噬干净。

方才，从会客室的窗口看到夫人抱着白色骨灰盒走进了大门。此时，在野上的脑海中，画中的火焰与火化伊织身体的火焰重叠在了一起，点了火的箭看上去也像细细的骨头在燃烧一般。画中的火焰火花四溅，野上甚至觉得眼睛都被刺痛了。

不过，感觉如此逼真的或许只有野上一人。虽然谈不上失望，但客人们都露出了类似困惑的表情，画室里鸦雀无声，气氛沉闷。半晌，总算有人说了句类似感想的话。"挺像是临终前画的呢！"说话者是著名美术评论家田所宪治，野上只见过他几次。

夫人并未在意客人们的反应，一直仿如戴着能面般平静地俯视着那幅画，片刻之后说了句："那边已经备好了晚饭。"走出画室时，野上回头一瞥，刚好看到夫人蹲在画前，她像是发现了灰尘似的，将手伸向了箭的位置。

由于出版社里还有很多工作要做，野上与总编谢绝了晚餐，径直朝大门走去，夫人小步疾行着从后面追上来告别。夫人双手交叠，恭敬地朝两人鞠了一躬。这时，野上看到从黑色衣袖中露出的夫人的白皙双手上散落着星星点点的烧伤似的斑痕。虽不明显，但的确像是火花溅落后留下的灰色痕迹。

回到社里后，野上也一直想着夫人的那双手。明知道不可能，但他还是觉得在夫人将手伸向画中火焰的瞬间，火焰当真迸出火花，溅到了那双手上。

那晚，野上加完班回到涩谷的公寓时已过九点。公寓的两个房间都毫无生趣可言。野上今年三十五岁，单身。虽然也谈过恋爱，收入亦足以支撑婚后生活，可不知为何他从未想过结婚。野上本人也不太清楚原因，三十岁之后，每当被人问起"怎么不结婚呢？"，他都苦于无法回答。不过这一年，野上明白了自己完全不想结婚的原因。因为这一年他如痴如醉地爱上了一个女人。但这个原因绝对不能告诉任何人。

打开灯，无趣的房间浮现于眼前，与此同时，电话铃声也响了。野上拿起听筒。"刚刚在加班吗？我都打了好几次了。"一个女人的声音传来，声音仿佛也穿着丧服。

"明天能不能休息一天？想请你跟我去趟奈良。"

伊织夫人彰子突然这么说道。伊织死后两人这还是第一次单独对话，但夫人只字不提丈夫的死和葬礼。

"其实，是亡夫之前说要去的，他说画在两三天内就可以完成了，之后想去趟长谷寺，所以一周前就买好了去奈良的票。我想跟你再去一趟那个寺院。"

"可是，即便我没问题，太太您，葬礼刚刚结束啊……"

"没事的。而且，我想在那里尽早告诉你一些事情。"

野上只能回答"明白了"。既然伊织周藏突然死了，那就最好早点见面，说说两人今后的打算吧。不，夫人恐怕已经有了决定吧。可能夫人想在一年前两人曾拜访过的长谷寺里说出自己的决定，并打算说服野上吧。去年春天，夫人打电话过来说了同样的话，邀请野上前往奈良南部、距奈良站一小时车程的一处山间古寺。她说："本来要和丈夫一起去的，车票和旅馆都订好了，可丈夫突然要去美国。"邀约野上的这趟旅行，伊织彰子最后背叛了丈夫。

"刚好过了一年呢。今年那个寺院里又是牡丹怒放吧。"

说完会合地点和时间后，彰子最后说了这么一句，就挂断了电话。放下听筒，野上穿着西装躺到床上，闭上了眼睛。黑暗中，下午烙印在眼中的火箭的火焰越来越猛，最后彻底燃烧了起来。那是伊织生命最后的火焰，但火就飘浮在黑夜里，真实得不似梦幻。野上感觉这一年持续燃烧着自己身体的东西此刻终于以那种火焰的形式显现了。

那晚，在那种虚幻之火的搅扰下，野上一直半梦半醒。第二天一早，简单收拾了一下就去了东京站。

始发车光号已经停靠在新干线的站台，车身在还未沾染污垢的清澈晨光里白得炫目。彰子站在站台中央，无聊地摆弄着手袋的金属扣。柳叶色的和服下摆上有两个花瓶的图案，每个花瓶里插着几支野花，颜色鲜艳，造型逼真，好似刚刚摘下来的一样。彰子整个人看上去明艳美丽，和昨日穿着丧服的样子相比，就像换了个人似的。和服下摆上的图案应该出自伊织之手，虽说那是丈夫的印记，但对刚刚结束葬礼的未亡人来说，此时穿这样的衣服并不合适。

彰子看到了惊讶地停下脚步的野上，小步疾行着过来了。她失去了昨日的生气，在晨光下看上去也比平日显老。她扭动脖子，露出后颈，仿佛要掩饰这一切。"没有线香的气味了吧？感觉昨天一天头发都浸在那种气味里。"

野上深爱着的女人用稍稍发哑的声音问道。

从何时开始把伊织彰子仅仅当作一个女人来看待了呢？野上自己也不知道准确的时间。

当然，最初他一直把彰子看作伊织周藏的妻子。他人的妻子，而且是自己从年轻时就仰慕的画家的妻子。野上也觉得她是一位美丽的女性，但去伊织家时偶尔跟夫人交谈都只是因为工作。

说是工作，其实是每月拜访伊织周藏一次，请他回忆五十余年的人生，然后由野上写成文章，以所谓回忆录的形式连载在杂志上。写成文章时，野上会加些修饰，伊织对野上的文笔特别满意，待野上十分亲切，让人难以相信竟有说他不好接近的传言。

连载在两年后结束了，但野上还是每月来国分寺的伊织宅邸一趟。伊织有时会打电话给野上，说"得了瓶好酒过来喝吧"，有时还会邀野上同他们夫妇一起去看戏或外出就餐。夫妻俩没孩子，宽敞的宅子里只有他们俩和一名年老的女佣，生活过于安静，可能还是有些寂寞吧，野上明显看得出伊织喜欢自己和他们夫妇混在一起。

但是，野上一直很注意把握分寸，提醒自己在松弛中也要做到彬彬有礼。"你也太一本正经了。"伊织经常这么说他，但野上的这种一本正经似乎又是让伊织最欣赏的地方。夫人总跟在丈夫身旁，但基本都是伊织在讲话，感觉夫人有些刻意躲在丈夫身后的样子。当然，野上从未有机会同夫人单独谈过话。

然而，这种状况在前年秋天结束了。

日本桥的美术馆里举办了伊织周藏代表作的展览，野上当然也去了。那是展览开始的一周之后。傍晚，下着雨，由于接近闭馆时分，客人稀疏，馆内一片寂静。展出的画作涵盖了伊织从创作初期到最近的一共四十多幅作品。四十岁之前的作品风格黯淡，馆内的寂静仿佛又给画作平添了一分凄凉。细雨霏霏的峡谷，云雾迷蒙的湖泊，还有竹笼中枯萎的花朵，那一时段的代表作每一幅都透着伊织独有的寂寥。明明用了色彩，但无论如何凝视，每一幅画都好似水墨画一般看不出颜色。"那个时候我的确在用笔涂色，可灵魂一直抗拒着颜色。"在野上写的伊织回忆录中，伊织自己也这么说过。

进入四十岁之后，画的色调突然明亮起来，甚至可谓色彩缤纷，璀璨夺目。原因之一是，从那时起，伊织受其亡父小说的影响，开始从天平时期至平安朝的历史事件和传说故事中取材，而题材本身需要华美的色彩了。除此之外，野上感觉这转变也与彰子密切相关。因为伊织画风的转变与两人结婚在同一时期。

伊织本人说"在人生的前三十多年里，我一直排斥他人，女性也不例外，认识彰子前我从未对女性动过心"，而正是彰子卸下了伊织固守多年的孤独铠甲，将他的心初次引入了广阔的世界吧。彰子自幼立志成为一名画家，最初学的是油画，但在二十五岁时看到伊织的画后被深深打动，便转而学习日本画，后来时常通过一位画商请伊织看自己的画。比起彰子的画，或许彰子本人更让伊织动心吧。不久之后，伊织将彰子认作自己的首位弟子，经过三年的师徒交往，最终将彰子迎娶进门。是这位比自己小一轮的年轻女弟子的爱为伊织那熏染成墨色的灵魂涂上了华丽的色彩。于是，伊织四十岁之后创作的历史画爆发出了生动鲜活的色调。野上如此想象。

如果想象正确的话，那么将伊织与夫人连在一起的纽带必然牢固得非同一般。伊织在婚后第二年完成了被誉为"人生杰作"的《月下宴》，画中的贵族装束华美、艳丽，充溢着色彩的力量，野上由此展开了想象。野上边想边走，正要到最里面的房间时，突然停住了脚步。

是彰子。她正站在空无一人的寂静馆中，凝视着一幅作品。那穿着藤鼠色和服、伫立在微暗的柔和灯光下的身影本身就是一幅画。

野上缓缓靠近，轻轻唤了一声"太太"。但彰子没有立刻转过身，视线依然朝着画的方向，

"这幅画，我怎么都喜欢不起来。"

她突然喃喃道，接着终于转头看向野上，微笑了一下。野上发现随着这小小的举动，有一股微甜的气味从她白色的后脖颈飘出，弥漫在周遭的空气中。是香水？还是彰子的肌肤所散发的香味？野上说不清楚。他意识到自己跟彰子靠得太近，于是后退了一步，在跟彰子的视线重合之前，他一直盯着画。

"为什么？这幅画画的是夫人您啊！"

在这幅以《女弟子》为题的画中，彰子身着桃色和服端坐，身旁的竹笼里插着野花。可能是结婚前一年画的吧，画中的彰子二十七八岁的样子，眼睛和鼻子的线条分明。伊织的笔将那个年龄的女子所特有的、仿佛花朵盛开时的舒展轻松巧妙地勾勒了出来。

"可我已经没有这么年轻了。这是最后的青春了吧。我的颜色在一年年褪去，但画上的我还是从前的样子。回忆若以这种形式留下来，也只能说是残忍了，对吧？"

"哪里呀，太太您现在依然非常美丽啊！"野上由衷地赞美道。

彰子轻轻笑出了声。

"你竟然说现在的我很美，野上君你怎么会知道呢？你没有看过我的脸吧。一次都没有。已经三年了，野上君只跟我丈夫交谈，从不朝我的方向看，不，是想看，可就在要看到的时候又会匆忙转移视线。刚刚也是这样啊。我很熟悉你的脸，可你并不知道我的长相。"

夫人半开玩笑半认真地笑着说道。说完就转头径直看着野上的脸。野上依旧注视着那幅画，但夫人的视线如针尖般朝脸上刺来，甚至让他觉得有些痛。野上很迟疑，但感觉眼下逃离夫人的目光的办法只有一个。

野上缓缓转过身，主动将视线移向了夫人的面庞。

就像在回应夫人热烈的注视一般，野上也用力地回望着夫人，但可能太过用力的缘故吧，夫人的脸反倒变得模糊起来。印象里只有一个美丽的白色物体虚幻地飘在眼前。他感觉到夫人的嘴唇动了。

"怎么样？现在的我，真的很美吗？"

野上默默地点了点头，夫人终于移开了视线，再度轻声笑了。

"野上君真会恭维人啊。我早就发现你这点了。在外子面前，你也盛赞他的画呢。就好像他是日本最棒的画家一般——那也是恭维吧？"

"不，我——"

对先生的画早就倾心不已，真心认为那是画坛的最高峰。野上想这么说，却没能说出口。此时，野上突然觉得或许彰子是对的。至少这一年自己对伊织的赞美中是有谎言的。可这不就是因为想得到伊织的青睐，从而能够在下班后频繁拜访伊织的宅邸吗？不是为了见伊织，是为了见一个女人……虽然自己没有意识到，但或许已经在无意识间开始爱上那个女人了……不，自己也察觉到了。虽然察觉到了，但因为那种爱不被允许，所以拒绝承认，一直拼命地将它压抑在了内心深处吧……

野上一时哑然。彰子似乎误会了。

"好了。恭维也无所谓，如果能让那个人高兴的话……"

语气好似在安慰野上。

那日傍晚，两人在美术馆前告别。在乘上出租车前，彰子说："最近再来家里吧，那个人有些寂寞呢。"接着又轻声说了句，"我也是……"声音小得几乎听不到。

上了地铁后，野上闭上了眼睛。在美术馆中互相凝视时没能看清楚的彰子的脸，成了残留在视网膜中的图像，此时终于从眼底的黑暗中清晰地浮现了出来。的确，《女弟子》中的年轻朝气已经无法从现在的彰子夫人身上看到。如果伊织给现在的彰子画像，轮廓应该会用更细的笔画吧。肤色也会画成将艳丽沉入肌底，在比牡丹雪还要淡的白色上轻轻扫过一抹云霞的感觉吧。但这才是现在的彰子不同以往的美啊。如果说《女弟子》中彰子的肤色是在猛烈阳光照射中熠熠生辉的白，那彰子现在的肤色就是宛如渗进黄昏阴影中的哑光白。彰子过去的美用眼睛看得到，现在的美则有一种用眼睛无法穷尽，令男人禁不住想要伸手触摸的魅力。如今的彰子或许不如《女弟子》画中那么美，却有一种岁月沉淀出的美丽，这是《女弟子》的年轻朝气无法匹敌的。这个女人在微暗中热烈地绽放着最后的美丽，或许自己在很久之前就已经爱上她了，野上如此想道。

野上想，在美术馆相遇仅仅是偶然，但一回到出版社，同事就说："一点钟左右，你刚出去，伊织先生就来了电话。我跟他说了你傍晚会顺路去看他的展览，他有没有往美术馆打电话找你？”

"没有……"

野上不经意地回答，接着突然想到，莫非是夫人听伊织说了自己傍晚的打算，就悄悄出门到美术馆里等候自己了？他打招呼时夫人毫不惊讶，感觉好像早就知道他会出现在那里似的。而且，夫人独自一人在那个时候去丈夫的展览，这也不太自然啊。

野上的想象是正确的。

大约十五分钟之后，彰子打来了电话。"啊，野上君，好久没见……还好吧？"声音伪装得很好，让人无法相信两人在一小时前才分开。接着，彰子又快速说了句："我刚刚看电影回来。伊织找你有事……请稍等一下，现在换他接电话。"仅仅一句话，夫人就表明了傍晚去美术馆一事希望自己对丈夫保密的意思。可夫人即便去了展览，也没必要瞒着丈夫吧。由此看来，夫人果然是假装出门看电影，其实是到美术馆等候自己。

话筒里随即传来熟悉的声音，有些沙哑，好似喉咙发炎的感觉。"前阵子你托我画的彩纸①已经画好了，这几天过来拿吧！"其实也并不是野上专门拜托的，一个月前拜访伊织时，他提起老家的妹妹年底结婚，伊织主动表示那就画点什么以表祝贺吧。

野上很客气地道了谢，表示明晚前去拜访。还在犹豫应不

---

①书写和歌、俳句等用的方形美术纸笺。

应该说出今天终于去看了您的展览时，伊织简单回了一句"那我等你"，就挂断了电话。

电话挂断前的瞬间，传来伊织剧烈的咳嗽声，这让野上有些担心。第二天晚上，野上下班后就去了国分寺的伊织宅邸，但会客室里只有彰子一个人。

"抱歉，那个人昨晚发烧，现在还在睡着。不过只是感冒。"彰子说道。

若无其事的表情，看起来好似已经忘记了昨日在美术馆见过面的事。"不过，他睡前说野上君来了把这个交给他。"接着彰子将彩纸递了过来。

飞舞着银色沙粒的彩纸上画着用翠竹编成的小小竹笼，竹笼里插着两枝罂粟花。许是象征喜事的红白之意吧，花是鲜艳的绯红色与纯白色。乍一看，整幅画似乎只是简单的勾勒，但端详后就会发现画家颇费心思，因为翠竹的每一节绿色都浓淡不同。野上盯着那幅画，看得入了迷，眼神饱含着感谢与称赞。

"野上君发现了吗？"

彰子突然问了一句。

"伊织画的花都插在竹笼里呢，好似被关在笼中一般。"

"这么说来，的确是啊。伊织的画中没有一枝自然开放的花。"

伊织画的花中，最有名的是《花笼》，画如其名，比起花，笼子更醒目，竹笼里塞满樱花花瓣，透过缝隙隐约可见。

"我总感觉花好像被囚禁在了唐丸笼①中，像是犯了什么重罪似的，样子十分可怜，对吧？"

感觉彰子的声音突然变得阴郁，野上随即从画上抬起了头，但彰子立刻敷衍似的笑起来，可笑容也难以拭去残留在眼神中的阴影。

那晚，由于彰子的执意挽留，野上在会客室与她共度了差不多两个小时。无话可说时，感觉一阵阵寂静从偌大的宅子袭向自己，野上有些坐立不安，两小时一过就找了个合适的借口告辞了。与彰子相对而坐的两个小时里，野上总觉得那种寂静中夹杂着伊织熟睡时的呼吸声。察觉到爱着彰子才仅仅一天，伊织的存在就和往昔有了不同，仿佛在野上心头投下了一个重重的阴影。野上告诫自己以后不能再和彰子单独见面了，但机会很快又来了。第二天是星期日，野上睡到午后才醒。刚睡醒就接到了彰子的电话。"今天一起去看戏吧！方便的话，五点钟在歌舞伎座门前见……外子他原本也要一起去的，烧虽然退了，但咳得挺厉害的……他说，好不容易买到的票，就约野上一起去吧。"

电话可能是从卧室打来的吧，彰子说话的同时还能听到伊织辛苦的咳嗽声。

"明白了。到时见。"

野上这么答道。准确说来，应该是竟然这么回答了吧。彰

---

①江户时代押送犯人的竹制囚笼。

117

子的声音好似乐器发出的声音一般，虽然轻轻柔柔，但余韵悠长。在那声音传入耳朵的同时，野上已将头天晚上对自己的告诫忘得一干二净。

"哦……"

彰子的声音听上去带着几分失望，随即便陷入了沉默。野上不知如何是好，适当地寒暄了几句就放下了听筒。

约定时刻，彰子在歌舞伎座门前等候野上。她身穿墨绿色的和服，上面飞舞着深红色的枫叶图案。依彰子的年纪，墨绿色显得老气，但与艳丽的深红色配在一起，竟与彰子的面容不可思议地相称。

上演的是有名的歌舞伎剧目，但由于与彰子并肩而坐，野上感到局促不安，一直无法专注于舞台。不只是肩膀。帷幕一拉开，彰子就悄悄伸出脚，用脚尖轻轻踢野上的脚。开始时野上以为只是碰巧，但她一探寻到野上缩回的脚时就会再度将脚尖凑过来。野上扭头看过彰子几次，但她一直目不转睛地盯着舞台。

一幕刚结束，彰子就站了起来，说了句："没意思，我们出去吃饭吧！"便把野上带到了附近的酒店餐厅。

"从远处欣赏别人演出的戏剧，挺无聊的对吧？伊织喜欢看戏，所以我总得陪他……"

彰子的目光追逐着窗外的车灯。"不过，不只陪伊织看戏的时候觉得无趣，在家时也……"她的脸上浮现出与昨晚说花儿被囚禁时相同的阴郁表情。

接着，她又侧过脸去说道："以后我们俩也像这样时不时地见见面吧，瞒着我丈夫……"

……

"或许野上君无法背叛自己所尊敬的先生。"

……

"不过咱们俩在这三天里已经背叛了那个人哟。"

彰子将视线移回到野上的脸。浮动在彰子面庞上的车灯残影已经消失不见，她的目光聚焦在野上的脸上，一动不动。

"我没告诉丈夫我们在美术馆碰到的事。昨晚他不是一直在睡吗，我骗他说野上君只待了两三分钟就回去了……而且，即便今晚，那个人也不知道我和你在一起。"

"可你中午在电话里说是先生要我来的啊……"

"是的，我丈夫的确这么说了，所以我是在他旁边打的电话。可你放下听筒后，我装出继续跟你通话的样子说：'哦，你没时间啊，那我约朋友一起去吧。'故意让丈夫听到这些。"

野上想起在午后的电话里，彰子透着失望说的那句"哦"，以及随后的默不作声。

"所以，我丈夫以为我今晚在和一位朋友一起看戏呢。"

"为什么……要这么做？"

"因为如果说和朋友在一起，晚上晚些回去也不会被疑神疑鬼啊。"

夫人的唇边泛起了淡淡的笑意。

"伊织最后的作品，你怎么看？"

进了长谷寺的山门，一踏上通向本堂的长长登廊，彰子就这么问道。这几乎是出了东京之后两人第一句像样的对话。新干线上，从京都到奈良的电车上，在奈良站乘坐的出租车上，彰子一直闭着眼睛默不作声，好像睡着了一样。

长谷寺因这条登廊而闻名。石阶很缓，好似将草席一点一点错开后向上铺就而成，两侧连着木头柱子和木头栏杆。登廊很长，笔直地伸向本堂，一眼望不到头，走上一遭就会把人累得气喘吁吁。每登一段台阶，都仿佛缓缓走进了漫长的历史深处，感觉脚步声都被卷入了褪色的绘卷世界。去年春天到访时，适逢黄昏，落日余晖中微风拂过，石阶宛如一条绯红色的河流。晚风穿过登廊，一望无际的牡丹园中，层层花簇轻轻摆动。白色、绯红色，各种颜色的花都被染成了火红色。花似火焰，尽管那时两人都为彼此内心炽热的情感而痛苦，却也只是无声地走在登廊上。不，不是走在登廊上，而是向罪恶走去。在美术馆相遇半年之后，两人终于要从身体上背叛丈夫，或一直被称为先生的那个人了。

一年之后的现在，长谷寺再次迎来牡丹花季。登廊两侧开满了牡丹花。晌午时分，似乎很快便会下雨，牡丹花被一片乌云笼罩。阴沉的天空更加渲染出山间寺院的幽静。彰子站住了，靠在扶手上望着牡丹花丛，等待野上的回答。

"是美术评论家田所宪治说的吧，很像临终遗作。我也这么觉得。就像一幅使人预感到死亡的画。"

"也就是太凄凉的意思对吧？花了半年时间精心创作，或许过于简单了吧——田所先生那天留到了最后，悄悄问我：'先生不会是还没完成这幅画就去世了吧？'……"

"还没完成？"

"嗯。他说实际画上应该画着很多种东西吧，是不是给那支箭上完颜色后伊织就死了？我明白他的意思。因为未完成的画没有多大价值，所以他怀疑我把画稿上的余白全部涂黑，将画处理得像一幅完成了的作品。一支点了火的箭正由黑暗中飞出，即便仅仅如此也大概算得上一幅完成的画吧？他虽然没有明说，但暗示了火箭部分确实是先生的手笔，而火箭周围的黑涂得过于粗糙，不像先生所为……"

"他竟然说了这种过分的话？"

野上也觉得仅仅一支点了火的箭确实过于冷清。但先生在生前曾对野上说过："家父小说的结尾处，那位逃兵射出的三支箭中，最重要的是最后一支。"野上读小说时也不太明白逃兵为何要向夜空射出三支火箭。小说里说其中两支是朝着京城的妻子与其现任丈夫射的，但对剩下的那支没做任何解释，就那么结束了。"最后一支是逃兵射向自己的呀，是射向远离京城与妻子、只能在峡谷中老去的自己的一生的——至少我想在画里表达出这个意思。"伊织曾这么说过。

对伊织而言，或许只有最后那支火箭的意义才重要，才是他想表达的吧。而且，在那一缕撕破黑暗虚空、一往无前的烈火中，可以真切地感受到伊织坚守孤独的人生，即便只是一支火箭，却有着寻常画家无法模仿的真实感，那一条线也凝聚着画家全身的力量。野上觉得这幅画完全具备伊织倾注半年心力的价值。

"先生去世的第二天就举行了葬礼，短短一天里，不可能将那么大一幅画的背景全部涂掉吧。而且，虽说是黑色，但很多地方都做了色彩的变化处理啊……"

彰子没有回应野上，却突然咕哝了一句："不太美呢。"她在说牡丹花。彰子目不转睛地注视着牡丹花，仿佛没在听野上说话。尽管在野上看来，今年的牡丹花和去年同样美丽，彰子却说："去年的那种美已经消失了，今年的花都是假的。"

说完，她的目光终于从牡丹上移开，叹息着转向了野上。许是凝视得太久的缘故吧，彰子的眼中含着泪光，仿佛被花的色彩伤到了。

"你刚刚说一天时间来不及对吧？可要是两天呢？如果丈夫死后两天才举办葬礼的话，田所先生说的那些，我是不是就可以做到了呢？"

"你是说把那么大的背景涂成黑色吗？"

"嗯——我告诉你实情吧。我丈夫并非死于葬礼的前一天，而是死于葬礼的两天前。我和确认丈夫死亡的医生比较熟，他是个用钱可以买通的人，于是我就请求他将丈夫的死期说晚了一天。当然，我也给了女佣一些钱，拜托她跟我们统一口径。"

"为什么？"

彰子没有回答，继续往下说道："我不仅让医生伪造了死亡时间，还请他帮忙隐瞒了一件事。野上，我丈夫他——"

刚说到一半，一帮貌似来修学旅行的高中女生爬上了登廊。等她们过去并走远后，彰子将脸贴在野上胸前，像是被野上抱在怀里一般低声细语道："我丈夫不是死于脑中风，而是自杀的。"

去年，牡丹怒放时两人在此共度了一晚，回到东京后也会背着伊织幽会。伊织恰巧从那之前的一个多月开始经常出门旅行，所以两人可谓私会频频。伊织去旅行是为了写生，《月下宴》之后他发表了《近江京》这部小作品，但之后一年多未再动笔，或许是担心手会生吧，伊织每隔半个月就会带上画本出去住上一两晚。有时他也会带上夫人，但由于并非单纯的游山玩水，还是独自一人出门的时候居多。本来春天去长谷寺也是伊织为自己计划的，但听说美国的美术馆要展出狩野派的画之后，他就匆忙改道去了那里。伊织不讨厌海外旅行，之前每年也会出去一次，但因为夫人讨厌坐飞机，夫妇两人一起去海外旅行仅有婚后第二年的巴黎之行。

野上与彰子在东京都内的酒店里继续幽会。彰子常说"还想两人一起再出去旅行一次"，可尽管丈夫不在家，家里还有女佣，因此不可能在外留宿。于是，春季的长谷寺之旅就成了两人第一次，同时也是最后一次旅行。在与彰子雪白的身体交融的那一瞬间，野上的脑海里总会浮现出长谷寺那条长长的登廊，感觉自己的身体也染上了那时的落日余晖。彰子应该也一样吧。她曾说过，在接纳野上身体的那一刹那，感觉体内沐浴在晚霞之中的大朵牡丹变成火焰燃烧了起来。

半年过去了，当深秋来临时，伊织突然停止旅行，变得终日闭门不出了。因为他开始了《火箭》的创作。可他把自己关在画室里时，彰子应该很无聊，这样挺可怜的吧，或许伊织这么想，于是他主动劝说彰子。"你以前学过茶道，不如再开始玩一下吧。"这样一来，彰子就有了正当的外出理由。每三次茶道课她会请假一次，继续与野上幽会。伊织一门心思扑在了新作上，没有工夫怀疑妻子的行踪。

野上依然每月到国分寺的伊织宅邸拜访一次，看样子伊织对两人的关系一无所知。他比以前更加欢迎野上的来访，野上一到，即便正在专心创作，他也会走出画室，表情欢喜地与野上聊上很久。但是，对野上而言，这种拜访极其煎熬。为了不让丈夫起疑心，彰子也如往常那样来到会客室，坐在丈夫身旁。野上必须同时面对与自己私通的女人和她的丈夫，内疚、罪恶感、嫉妒等情绪复杂地纠缠在一起，变成一把利剑，刺进野上的心间。

但是，因为不想失去与彰子见面的机会，野上狠下心来忍受着被利剑穿心的痛苦。如果私情暴露，可能会遭到伊织的怒斥吧，也可能会被迫辞职，前途尽毁。但野上对此不太在意。他唯一害怕的就是不能再次拥抱彰子的身体。彰子的演技非常完美，依旧与野上保持着不近不远的距离，野上也配合着彰子，表情客客气气，继续装得好像只是尊敬伊织的样子。

伊织从未表示过怀疑。不，仅有一次。

两人从长谷寺回来，伊织也从美国回来的三个月后，适逢酷暑。有一天，伊织从出版社附近的咖啡馆打电话将野上叫了出来。他眼神阴郁地看着野上，突然说了句："彰子好像瞒着我在和男人私会。"

"自杀？……竟然……"

似乎不想看到野上因惊愕而扭曲的表情，彰子转过身，朝登廊前方走去。野上跟在她身后，意识到彰子今日来这个回忆中的寺院其实是为了与自己做最后的告别。彰子的脚步声异常轻，仿佛要在每级石阶上将今日之前的回忆逐日抹去。终于爬到了最后一级台阶，看到了笼罩在薄暮之中的本堂，供奉在佛前的灯火也浮于眼前。巨大的金身观音像高高耸立在微暗之中，彰子同去年一样静静地双手合十，之后朝舞台的方向走去。从类似于京都清水寺的舞台望去，刚刚走过的登廊看上去仿佛一座架在波浪起伏的花海之上、通往天际的桥梁。远方群山在越发厚重的积雨云下显得云雾缭绕。彰子靠在栏杆上，一边眺望着远山的某处，一边说大前天的早晨，丈夫在里院的榉树树枝上自缢身亡。

"为什么？"

"知道原因的只有你和我。"

彰子转过头，远远地望着野上。

"也就是说……"野上立刻明白了彰子的意思，却什么都没说出来。

　　彰子点了点头，仿佛肯定了野上的想法。"……我们的事情，伊织全都知道。"

　　听伊织说彰子有了别的男人，那一刹那野上脊背发凉。可他立刻明白了伊织不是在说自己。"这种事情也只能跟你说说。"进入正题前，伊织先说了这么一句。接着他又说道，婚后第四年，彰子曾与一位交往过的大公司职员旧情复燃，并有过出轨行为。虽然很快暴露了，但彰子当时沉溺于与那人的关系之中无法自拔，甚至吞下大量安眠药企图自杀。直到快死时她才醒悟过来，断了与那人的关系，之后夫妇感情也一直很好。但最近，自己不在家时彰子好像经常外出，伊织担心她是不是又在与那男人见面。"跟你说这种事实在不好意思，不过你说过朋友里有干信用调查这一行的，能不能托那个人帮我查一查？"伊织说道。野上答应了，之后离开了咖啡馆，心里却不知道怎么办才好。他觉得跟彰子联系也有危险，因此一个人苦恼了两天。但是，两日后伊织打来了电话。"那件事就算了。我也是偶然知道的，那个男人，听说两年前已经调到纽约去了。只是我胡乱猜疑罢了。"伊织声音洪亮。下一周去拜访伊织时，他好似已经忘掉了那件事，看起来同平时一样心情颇佳。野上松了一口气，但感觉与彰子还是暂时不要见面为好。不过伊织说的有些话反倒助长了野上对彰子的感情。在此之前，野上一直以为除了伊织之外彰子认识的男人只有自己，不曾想她过去竟然不惜性命地爱过其他男人。野上非常嫉妒那个不知长相与姓名的男人，并且为此十分痛苦。彰子不爱伊织，野上很清楚这点，因此对伊织唯有内疚之情，但野上做不到无视那个男人。再次见面时，野上主动问起此事，彰子样子有些吃惊，却说："没关系。丈夫什么也不知道。"接着喃喃道，"那个男人，我已经忘了。现在感觉全是假的。"野上孩子气地问她会为自己而死吗？彰子竟然回答："和野上之间也是假的。"说着将手指贴在了野上的嘴唇上，阻止了他的反驳。彰子叹息似的笑着说："我们就当成是假的吧。这样将来才能分得开呀。"当然，野上没有相信彰子说的话，他坚信自己对彰子的感情没有任何虚假，但那个曾实实在在占有过彰子过去的男人，其存在像针尖一样刺痛着野上，也让野上对彰子的感情越发浓烈了。这是事实。对彰子的感情越强烈，野上就对伊织越戒备。他不敢放松警惕，以免感情在无意间流露。

戒备卓有成效，伊织的笑容直接说明了这点。他看上去一如既往地心情愉快，让人完全感觉不到他察觉出了野上与妻子的私情。的确就是这样啊。

"如果他知道的话，也是从那时开始吧？夏天时先生来找过我，要我介绍信用调查员……"想起伊织当时看向自己的阴郁眼神，野上问道。

"不，比那时要早……前年秋天我们在美术馆见面之前他就知道了。"

"但是，美术馆那次我们是第一次单独见面啊……那时还什么都没有发生……"

"可确实是从那之前开始的。"

彰子的回答有些莫名其妙。这时稀稀落落地下起了雨，两人便回了观音堂，开始朝登廊走去。雨滴敲打着房瓦，声音传到了石阶上。先前过于骚动的大朵牡丹在雨中突然安静了下来。彰子背靠在拐角处的柱子上，等其他人走过后，开口说道："大前天早上，那个人死去之后我才意识到。我也没想到他竟然知道我们之间……"

"是留了遗书吗？"

"没有，他什么也没说……可自杀前一刻才完成的画说明了一切。田所先生看出来了，背景不是伊织涂黑的。不过我丈夫的确是在画完整幅画之后才死的，这点田所先生猜错了。我不能就那样将画公之于众，于是把画的重要部分用黑色遮住了。这个修改太重要了，葬礼之前得有两天时间才能完成，可两天的话，我又担心被人怀疑对画做了修改，无奈之下只好求医生把死亡日期推迟了一天。尽管如此，也很匆忙，在熬制动物胶时把手……"

彰子抬起手，让野上看自己手上的烫伤，其实野上昨天就注意到了。野上记起日本画的颜料中要掺入融好的动物胶。

"他究竟画了什么呢？"

"画面上还有两支点了火的箭，左边画着两个人，一男一女，很大……两支火箭分别射穿了两人的胸部，火焰飞向女人

128

的十二单衣①和男人的差袴②……火花溅满了整件衣裳，两人看上去犹如两个菊花形的人偶。那对男女仿佛两个即将坍塌的火柱，彼此重叠在了一起。从熊熊燃烧的火柱上清晰地伸出了两张人脸，真的就像菊花人偶上的那张脸一般。两张面孔在垂死挣扎中变得狰狞可怕。那的确是伊织笔下最杰出的作品，火看似真的在燃烧，两人口中仿佛传出了恐怖的惨叫声……可我不能将那幅画公之于众。"

彰子一直很平静，但说到这里时她的表情突然激动起来。

"因为火焰中露出的男女的脸，就是你和我啊。"

彰子倾诉完这些，随即用双手捂住了扭曲的面孔，像要避开野上的视线一般。或许彰子在野上茫然若失的脸上看到了那幅画中的苦闷表情，因此变得惊恐不安吧。她不停地摇头，仿佛想甩掉大前天早上曾在画室里看到那幅画的记忆。看到彰子瞬间扭曲的表情，野上觉得自己也看到了那幅画。不仅仅是烈火中拥抱着的男女，他甚至看到了画中没有的、那位射出火箭的逃兵的面容。那是衰老不堪的伊织本人的面孔。

过了好一阵子，彰子放下了手，表情也恢复了平静。她朝花丛望去。

"我本想毁掉那幅画，可丈夫已经跟画商约好，要尽可能放到大的美术馆里去，要让很多人都看到这幅画……那个人在用这种方式复仇。"

---

① 平安时代女官穿的朝服。
② 一种裤腿肥大、裤脚有束带的和服裤。

彰子说，那幅画本身就是伊织向两人射出的复仇之箭。伊织试图将两人的未来同自己画的火焰一起烧掉。

"不过那支火箭也有另外一层意思。"

彰子目不转睛地盯着花，问道："你爱我吗？这一年你爱过我吗？"

野上点了点头，彰子唇边浮现出微笑，是嘲讽般的冷笑。

"可我们的关系都是假的。"

"不可能——"

野上忍不住提高了声音，彰子却冲着他摇了摇头。

"你说过几次，一想到我，身心都像烧起来了似的。可那火焰不过是我丈夫射出的火箭而已。"

野上茫然地看着彰子，等着她往下说。彰子继续说道："我们之所以相爱，是因为我丈夫射出了带着火焰的箭。大前天早上，我认真端详那幅画，终于意识到了这点。是我丈夫亲手把我们连在了一起。"

野上皱起眉头，一脸困惑。彰子转头看向野上，凄凉地笑了起来。

"在美术馆相遇之前很久，我就被你吸引了。可那只是心底的一簇小小火苗，连我自己都没察觉到。你也是这样吧？而我丈夫发现了那簇微弱的火苗，试图让它燃烧成熊熊烈火。我现在总算明白了，为何那天丈夫会一直劝我，'傍晚去看你一直想看的电影吧'，等我换好衣服正要出门时他又说：'我想起来两点钟给野上打了电话，他说傍晚要去美术馆呢。'现在想来，其实是丈夫促成了我们在美术馆的相遇。"

彰子说，虽然是自己选择了去美术馆而不是电影院，但实际上是伊织的想法促成了这个选择。不仅如此，第二天伊织将野上请到家里，自己却装病让两人单独待在会客室里。接下来那天，又是伊织安排两人去了歌舞伎座。当时，彰子在电话里耍了一个小小的心机，但被伊织轻松识破。彰子还撒谎说"野上没空，要和朋友一起去歌舞伎座"，这一举动让伊织明白了不足三日自己就把两人套在了一起。之后伊织依旧装出一副若无其事的样子，每逢彰子外出他都格外留意，一直看着两人的关系越来越亲密。想到两人一直没有发生肉体关系，去年春天，他就故意安排了一次夫妇外宿一晚的旅行。他不仅准备好了新干线的车票，安排好了住宿，还提供了"丈夫不在家"的绝佳机会，把两人送进了这座寺院。或许是为了给二人助兴吧，他还特意选在牡丹盛开的时节。之后他也频繁地短时间外出，继续为两人提供"丈夫不在家"的机会，等到为了作画而不得不关在家中的时候，他又动员彰子去学茶道，继续让彰子频繁外出。彰子说，在美术馆相遇之后的一年半时间里，两人只是在丈夫的控制下不停舞动的木偶而已。

"就连牡丹的美也是假的。"

其实彰子想说的是，每次相拥时，无论自己体内燃烧的牡丹，还是浸染野上身体的落日余晖，全都是假的。

"先生……为何要这么……做呢？"

野上难以相信。

"去年夏天，我丈夫专门去告诉你我过去犯过的错误，只是为了激起你的嫉妒吧。我感觉他想用嫉妒进一步煽动你的热情。嫉妒可以让爱火烧得更加炽热，婚后第四年我与那个男人的婚外恋，让伊织有过类似的经历。我感觉自己从未爱过伊织，不知道他是一个怎样的男人，但是，因为那件事，伊织对我可谓了如指掌。当发现我对你抱有好感时，他就感觉到我这样的女人迟早会不顾一切地爱上你吧。既然肯定会变成这样，那就索性用自己的手将两人拴在一起，让爱的火焰熊熊燃烧吧，等燃尽之时再进行可怕的报复。他应该是这么想的。伊织喜欢将我关在他亲手编织的花笼里，就连妻子的出轨，他也希望亲自操控。"

彰子的视线落在了裙摆上的花笼图案上。

"为了这个，也不顾自己多么痛苦吗？"

野上的声音颤抖了。彰子平静地点了点头。

"我觉得，在朝我们射出火箭的时候，伊织就已经意识到那火迟早会弹回到自己身上，最终将自己烧成灰烬。伊织总是对我们笑容可掬，那笑脸其实是在嘲笑我们，同时更是嘲笑他自己。那个人只能以这种痛苦、受伤的方式爱着我。或许是婚后第四年发生的那件事使伊织的心理发生了扭曲吧。虽然是自己一手设计的，但最痛苦的是他自己，最终又因此选择了死亡，在死去的同时完成了恐怖的复仇。这真是普通人所无法想象的。不过，大前天看到那幅画时，我终于明白伊织是个怎样的男人了。野上，今天约你到这里来不是我的意思。伊织不会想到我会将画涂成那样吧。他可能觉得那幅画一旦公开，一切就都该结束了，我们肯定得尽快了结关系，所以他为我们提供了一个告别的机会。一周前，那个人就为此买好了两张票。我丈夫直到死前的那一刻还想着亲手谋划这些。"

野上摇摇头，依然无法相信彰子的话。不，或许是不想相信。野上想起伊织曾说过，逃兵射出的最后一支火箭其实是射向自己的，他觉得伊织的确就是那种人，那种用自己射出的火箭点燃、烧死自己的男人。他也觉得彰子涂完那幅画之后，画面上剩下的那支穿破黑暗、熊熊燃烧的火箭正是伊织本人的人生。雨下得越来越猛，寺院已被黑暗笼罩。尽管雨滴上带着一丝光亮，但尚未落到满园的牡丹花之上就消失不见了，看上去好像从天上垂下的丝线其实未能触到花朵似的。黑暗之中，花朵变成了火焰。野上不由得觉得，就像彰子将丈夫的遗作涂成了一片漆黑一般，每一条雨线似乎都将两人在这座寺院中曾激情燃烧的回忆、那原本真实的回忆，埋入了虚无的黑暗之中。

"我们只能分手，如我丈夫所愿。"

两人对视了一下，马上移开了视线。彰子看向牡丹花，野上则朝山门望去。野上并未见过那幅画，但在彰子的脸上清晰地看到了画中女人变成火柱后垂死挣扎的表情。彰子应该也一样吧。即便画被涂黑了，但两人在今后的日子里都不得不持续地在彼此的脸上看到一位画家赌上性命描绘出的临死前的痛苦表情。不，在新干线的站台上，彰子就已经从野上脸上看到了，所以才装出在意线香气味的样子，把脸扭过去了吧。

登廊的石阶笔直地伸向山门，一眼望不到头。

野上筋疲力尽，他感觉自己已经无法走完这条登廊了。

"那个人想来这座寺院倒是真的。他说过想画一下这里的牡丹。"彰子喃喃道，"不过，他也会把这些牡丹画入花笼中去吧。"

野上神情恍惚，似乎什么都没听到。

致亲爱的S君 ——————

亲爱的 S 君——

此时此刻，我正在写信，心里期盼着有一天有个人能把它翻译成日语，并送到远在巴黎的你手里。我来日本已有四年，日常会话虽已无碍，但用日语写信依然十分痛苦。于我而言，这个国家的文字仿佛蕴藏着东洋独特奥秘的美丽图案，又好像永远也无法探明的暗号一般。比如，当看到日本人轻松识别出"脚"和"腕"时，我就会不由得惊叹，他们真是天生的画家。

话说回来，S 君，你也在巴黎生活过，或许你精通法语，足以看懂我正用母语写的这封信。

不过，即便如此，我也盼着有一天它被翻译成日语。因为，不止你，我希望很多日本人都能读到它，并把它当作一篇手记——一个同你一样被上帝放逐的罪人赤裸裸告白自己罪行的手记。

话虽如此，但这封信最初以及最重要的读者当然是你。如果上帝允许罪人们手牵手的话，我最想率先伸出手并紧紧握住的，是如今身在巴黎的你的手。

"亲爱的"——我在信的开头如此写道。

开头就写"亲爱的",这是法语写信的习惯,但我这么写,当然不是因为习惯这种无聊的东西。换言之,此时此刻,我在这个称呼上倾注了自己所有的感情。或许我更应该称你为"亲爱的朋友"。假如在全日本,甚至全世界有人配得上和你做"朋友"的话,那也只能是我吧。因为在你被捕两年之后,我终于像你一样,亲手制造了一起无法被上帝饶恕的恐怖事件。

亲爱的 S 君——

两年前,报纸报道了你在巴黎——我生长的故乡,制造的那起事件,整个日本为之震动。事件的内容也令我浑身战栗,但我的惊愕明显与其他人性质不同。事实上,正如信的开头所说,我看不懂日语,那篇报道是由一位日本朋友读给我听的。但比起事件本身,我当时的反应似乎让他更为吃惊。

我死死地盯着那位朋友的脸,茶杯从手中跌落,我甚至感觉到自己的脸色变得苍白。我目不转睛地一直盯着他,感觉眼珠都僵硬了。视野很快开始模糊,一滴眼泪顺着面颊滑落。

朋友担心地注视着我,安慰我道:"被杀的……被吃掉的,不是法国人。"他以为我在难过,我是法国人,所以对这起日本留学生在我的祖国制造的事件感到难过。他误会了。其实,我不是难过。而且,我的反应与被害者是荷兰女性还是法国女性毫不相关。

我摇摇头,说了句"别担心",接着捡起落在地板上的茶杯碎片。这时,从巴黎寄来的灰色地毯上,褐色的咖啡渍正朝四周蔓延。

突然，先前的震撼再次向我袭来，我驱赶似的送走了朋友，随即飞进了浴室。房间里没有其他人，可我还是牢牢地锁上门，将自己关在了浴室里。

镜子里映出我的脸。一张早已熟悉、酷似凡·高自画像的脸。轮廓、眼睛和嘴巴都很端正，只有鼻子的形状，仿佛这位天才画家一生仅有的一次失败，又丑又歪。

我的容貌其实跟凡·高的自画像完全不同，可我总能在自己脸上嗅到与他相同的狂人气息。而且，那一次，我在镜子中的脸上看到了S君——你的影子。我那时还不清楚你的长相，后来，通过报纸和杂志上的照片明白了你我无论轮廓还是气质都完全不同，但这两年我依然能从自己的脸上感觉到你的存在。

镜子中，我看到自己又一次流下了眼泪。激荡的感情仿佛呕吐时的感觉，毫无来由地从胸腔喷涌而出，化作泪水流了出来。我太激动了，以至于搞不清那究竟是与你的共鸣，还是对你的排斥。过于强烈的爱恋，有时就如同憎恶。

不过，对你的感觉无论是共鸣，还是憎恨，从我得知你存在的那一瞬间开始，我就只能称你为"亲爱的朋友"了。

浴室里洒满六月清晨的阳光，白色瓷砖反射的光影在我脸上来回跳动。回过神才发觉自己的手在流血，不知何时开始，我手里一直紧紧握着茶杯的碎片。血滴在了地板砖上，仿佛梦幻中的小鸟留下的爪印。我终于感觉到了疼痛，可无论疼痛还是血色，都让我感觉到了S君——你的存在。

那日傍晚，Mitsouko^① 来了我这里。她其实不叫这个名字，可我喊她真名时总是吐字不清，就一直用法国知名香水的名字称呼她。

四年前，为了满足某种欲望，我去了日本，之后一直在寻找合适的女性。到两年前的那天为止，我找到了三个女人，和她们三个都以特殊朋友的关系交往着。Mitsouko 便是其中一位。

那天早上为我读报纸的朋友是 Mitsouko 介绍来的大学生。Mistouko 听那位大学生说我情况反常，有些担心，于是专门来看我。

"那起事件给你带来了那么大的冲击吗？"她问我，笑容温和，但眼神忧郁。

"没什么。"我答道。不就是一个日本留学生试图用稍显奇怪的方式处理掉曾经交往过的荷兰姑娘嘛——我微笑着对她说，接着将手放在了她的肩上。倒像是我在安慰她似的。

黄昏时分，我抱住了她。她已经完全适应了我的卧室，但脱去内裤时，却总迟疑着转过身去。与法国女人不同，她的皮肤呈淡淡的枯叶色。不过无关肤色，我喜欢她肌肤的触感，尤其喜欢从大腿到膝盖处的光滑细腻。每当我用手指摩挲那里，都会听到一种温暖的声音，仿佛沐浴在冬日阳光下的枯叶发出

---

①法国品牌娇兰旗下的一款香水，现已停产，常中译为"蝴蝶夫人"。

的沙沙声。

我将嘴唇贴上去，她轻轻地呻吟起来。接着就像日本姑娘特有的那样，娇羞地闭上了眼睛。我佯装微笑，好像依旧被她注视着一般。我装出已经忘记了早报上报道的那起事件的样子。

我不清楚那天早晨自己为什么流泪，但在用手臂抱住她的身体之前我突然想到，那天早晨在得知你制造的那起事件的瞬间，朝我袭来的惊涛骇浪般的激情只能用一个词来形容，那就是"感动"。她在我的臂弯中睁开了眼睛，再次看到了我的微笑。我一如往常地低语："你可爱得让我想吃掉你。"她回我一个温柔的微笑。那天的她也很柔软。

感动——

是的，S君，我得知你的事件时所迸发出的激情，正是感动。我发现在文明将兽性从人类身上掠去的时代，竟然还有你这样的、将同类当成食物，消化在自己体内的人。这让我深感震撼。不，因为时代迟早会在发展的尽头将人类再次恢复成只有食欲的野兽，你或许不过是个"先行者"。

总之，在知道了你的事件后，我感觉你就像这世上独一无二的存在，带给我邂逅奇迹般的感动。之所以这么说，是因为从六岁开始我就有一个梦想，梦想着亲手制造一起这样的事件。

不，那个罪孽深重的梦可能在六岁之前的幼儿时期便已侵入我的身体，只是六岁时我才意识到了吧。准确说来，与其说那是梦，不如说是欲望吧……

六岁那年的夏天，在度假胜地尼斯的一家海边餐馆里，我与十二位家人一起围着细长的木制餐桌用餐。

我家境富裕，父母和五位哥哥姐姐，加上父母的父母，也就是祖父祖母、外祖父外祖母四人，以及母亲的妹妹，即我的阿姨，再加上我，一共十三个人，一起住在巴黎郊外的一幢大宅子里。我们每年度两次假，都是全员出动。那年夏天也是如此。

祖父是一位虔诚的天主教徒，煞有介事地在下巴上蓄着长长的白色胡须，就像《圣经》里的预言者似的。在那家餐馆里，当所有人都围坐在餐桌旁时，祖父叫我"我可爱的犹大"。我在四岁时就已受洗，不明白他为什么这么叫我，而且我明明有个随处可见但与我并不相称的名字——杰克。我听过"最后的晚餐"这个故事，但我不知道家人的准确人数。

尼斯当时正逢节日庆典，万国旗在湛蓝的天空中飘动，彩色纸屑漫天飞舞，乐队、小丑和美女组成的巡游队列就从我们身旁经过。

我不记得那天吃了什么菜，唯一确定的是吃了一种肉。我一边用力嚼着一片肉，一边望着都在嚼肉的十二张嘴。大家不失优雅地快速活动着嘴巴，香醇的肉汁缓缓滑下喉咙，那一瞬间，我突然被那个欲望攫住了。

灼热的欲望出其不意地冲进我幼小的胸腔，带来一种近乎疼痛的感觉。我不清楚那个欲望从何而来，只是呆呆地望着坐在眼前的阿姨。咀嚼肉片时微微起伏的柔软面颊，丰满的胸部，还有露在淡黄色无袖衬衫外、晒得黝黑的丰腴手臂……她青春四射，美得耀眼。说是阿姨，其实她比我最年长的姐姐还小三岁。那时候，我感觉她流淌的汗水都散发着花蜜的馨香。

凝望着阿姨，我一下子想起那阵子读的童话里的"活祭品"一词，突然将胃里的食物全都吐回了碟子里，然后哭了起来。记得那天一整晚我都难受得想吐。为了忍住呕吐，我咬着看护我的阿姨的胸部，惹得她很不高兴。

那是第一次。但最初的欲望在一瞬间给我之后的人生留下了决定性的印记。除了稍稍沉默和有些神经质外，我的成长和普通孩子没什么不同，但成长过程中掌握的知识和理智却未能消除那个欲望。它时常火辣辣地向我袭来，就像六岁时那次一样，之后它也一直折磨着我。

如果是有经验的精神科医生，在得知我最初的欲望产生于被所有家人包围着的时候，可能会从我自小就一直憎恶家人的心理寻找原因吧。

事实上，我确实一直憎恶家人。我在家中年龄最小，祖父母、父母、哥哥姐姐都把我看成一个脆弱的人偶，总是极尽温柔地呵护我，但我不喜欢他们中的任何一个。我一直爱着美丽的阿姨。但那也只是在想象她包裹在薄洋装下柔软而丰满的身体时，以及那条新闻让我想起曾近在眼前的阿姨的美丽面孔，发觉她就是我最满意的活祭品时。

不仅仅是家人，我可能讨厌所有人。只是我不希望被世人发现这种憎恶。我平时少言寡语，装得敦厚老实，因此得到了不止家人，甚至所有人的喜爱。这样刚好便于我掩饰已经侵入内心的可怕欲望。

我经常锁上房门，把自己关在房间里，或者躲在宽敞院子某个角落的树荫下，在空想的世界里尽情地放飞欲望，梦想着有朝一日亲手制造一起真实的事件。

成人之前的我乏善可陈。别人眼中的我和只有自己清楚的我，长着两张不同的面孔。表面上的我只有一张好学生的面具，私底下的我只有那个欲望和对活祭品的渴望。

假如要说点什么的话，也就只有十六岁那年的那件事了吧。我在圣多尼后街的一家电影院里看一部纪录片，讲述南部岛屿食人族的生存实态，残酷而愚昧。正看得起劲时，一种莫名的悲伤突然向我袭来，我立刻从电影院里逃了出去。逃出电影院后，我去了塞纳河畔，在那里一直站到很晚，不停地想死了算了。那时我已确信自己迟早会制造一起事件，如果现在投河自尽的话，还能免于犯罪。我的死至少可以拯救将来有可能因我牺牲的那个人。但是，当深夜冷得要把人冻僵的时候，我最终选择了犯罪。

如果将来等待我的是毁灭，那就索性委身于那个欲望，任由自己毁灭吧。是的，S君，我还在巴黎时，从那时起，我就擦亮了面具背后的双眼，开始认真寻找自己的活祭品了。

我以优秀的成绩从巴黎大学毕业后，很快就离开巴黎来了东京。来东京的两年前，我曾与一名日本留学生交往。我们俩在餐馆吃饭时，（当时我嘴里也嚼着一片肉），我用目光来回舔舐着这个小个子日本姑娘羔羊般的身体，感觉到超出以往的强烈欲望。

从很久之前开始，我就盼着自己能在远离巴黎的地方制造一起事件，我当下决定要来日本寻找活祭品。于是，毕业前的两年时间里，我一直跟着那位姑娘学习日语。

父母赞成我来日本留学。两人一直觉得爱我就是给我充分的自由。他们一点都不了解我。而我，虽然都那么大了（现在也一样），却仍不知道父亲靠什么赚来了巨额财产，也不知道母亲多大了，眼睛是蓝色的还是灰色中混着绿色。关于他们，我只知道，只要我开口，无论多少钱他们都会立刻给我。

靠着这笔钱，我在东京也得以住进这间能住十个人的超大公寓，过着奢华的生活。

我进了位于四谷的一所大学旁听，不去学校时，就经常宅在这个超宽敞的房间。同在巴黎时一样，我在东京也很孤独。我讨厌这座城市和这座城市里的人。如果说巴黎是早就燃尽的废墟，那东京则是即将熄灭的火焰。不过，我在这个异国城市里也戴着温和的面具，所以没人发现我深埋于内心的憎恨。在这座城市里结交的几位朋友都觉得我是地地道道的正人君子，尽管我时常因为那个欲望而忘记自己是个人。

在从几位朋友中选出的三个女人里，我最中意 Mitsouko。她有着和阿姨相似的圆润脸蛋和给人丁香花般感觉的嘴唇。只有她觉察到了我憎恨人类，但她依旧经常对我温柔地微笑。

145

在她的微笑里，我甚至会突然想起自己是个人。因为嘴唇和阿姨相似，我觉得她也适合当活祭品。不过，其他两位也有作为活祭品不可否认的魅力。

我在三个女人之间摇摆不定，同时茫然地期待着，或许还能找到比她们三个更合适的。就这么度过了来到东京的最初两年。

接着，你在我离去的巴黎突然制造了那起事件。正如刚刚写到的那样，我因你制造的事件产生了一种近乎排斥的感动。你的行为鼓舞了我，给了我勇气，让我渴求活祭品的欲望之火一时间烧得越发猛烈，但随后我发现了一件重要的事。那就是，S君，你是失败的。

你在把她吃干净之前主动交代了事件始末，结果被警察逮捕了。我被感动的浪潮冲昏了头，竟然忽略了这一明摆着的重要事实。或许有些情况我不了解吧，但是，如果这起事件像我所期望的，即人类将同类的血肉饮食殆尽的话，最终就不会是这样的。因此，从结果来看，你是失败的。

你的事件令我感动，同时也让我警醒。我不想迎来和你同样的下场。不管怎样，我都想结束得漂漂亮亮。等一切都结束后，就算事件败露也没关系。不，倒不如说，我甚至盼着最后一片肉被如愿处理掉后，我的事件能像你的事件一样传遍世界，给人们带去极具冲击力的恐惧。只是，我不想像你一样半途而废。

我反复斟酌计划，后来发现三个人都有一点对我不利，那就是三个人都是灰姑娘（晚上十二点之前必须到家）。在我的计划里，事件迎来结局之前，至少需要一周时间。可她们三个都在幸福的家庭中长大，被父母保护得很好，晚上回家的时间都是固定的，哪怕只有一晚夜不归宿，也必定会引起骚动。

那样的话，我将是第一个被怀疑的对象，警察可能会来我的房间搜查，而且是在最后一片肉消失之前。一来，已经有几个人陆续知道了我和这三个女人的关系。二来，不管在哪个国家，外国人都显得十分可疑，因为搞不清这些肤色别扭的家伙心里在打什么鬼主意。S君，你在巴黎也是这样的吧……

尽管如此，我还是犹豫了很久，最终决定放弃她们三个，找寻新的活祭品。

准确说来是在你制造的那起事件终结一年半之后，也就是去年年末。

我跟其中两个人在电话里谈妥了分手，只有 Mitsouko 是在咖啡馆面对面告别的。说是告别，我也只是说了句"我不爱你"。

"我知道。不过无所谓。"她答道，说完便望向了窗外。雨后的东京街道上灯火璀璨，不像是冬天。她的周身布满金光，我将她留在金色的光芒之中，兀自从座位上站了起来。她抬头望着我，微笑了一下。有几秒钟，我们默默地看着彼此的眼睛。

此时，沉默是最美的语言。"我不爱你"是在撒谎，我想可能是因为我太爱她了。她微笑的眼睛经常提醒我人生不过是一个简单的谜而已。我总觉得通过那双眼睛我似乎能够爱上这座城市，这个国家的人，以及我的人生。可能太爱她了吧，因为太爱了，所以我不忍心将她作为活祭品了。

最后，我试图叫出她的本名，但没能想起来。即便想起来，我也很难准确地发出那几个音吧。

她被金色的光芒笼罩，坐在与我那令人憎恨的欲望毫无关联的伊甸园里。

我走出店外，也走出了伊甸园。

那是我迈向实质性犯罪的第一步。

那一晚，我开始重新物色替代她和其他两人的新的活祭品。

但是，半年过去了，我还是没能找到满意的活祭品。

但我不着急。S君，我和你最大的不同或许就在于你生长在不信上帝的国家，而我年幼时就已受洗，成长过程中也一直信仰上帝。我虽然一边和女人交欢一边梦想着残忍弑杀，并乐在其中，但在那种时候我也从未忘记过上帝的存在。

上帝既然将我造成了罪人、被诅咒的人，那他必然会在某一天赐给我让我能够实施犯罪的合适的活祭品，我一直是这么想的。

又过了半年，也就是距今三个月前，在深夜的涩谷，背离主街的小巷，我的这一信念得到了印证。

那晚，为了寻找活祭品，我又徒劳地徘徊在夜晚的街头。我无意中走进了一条后街，突然，传来一声惨叫和紧急刹车声。我朝那个方向跑去，看见已停止的车灯前倒着一个男人。一个穿红色衣服的女人从驾驶位上走下来，查看了一番那个男人的身体。可很快，女人就慌慌张张地回到了车上，发动了引擎。我感觉她想逃走。

我立刻从黑暗中跳了出来，试图抱起那个男人。可那一刹那，汽车以可怕的速度飞驰了起来。

我的一条腿被狠狠地撞到，我倒在了路上，轮胎随即从男人的身体上碾过。那一刻，我吓傻了，眼睁睁看着红色车尾灯消失在黑暗中。

我们被随后路过的车救起，送到了附近的小医院里，但那个男人已经死了。医生说我像是严重骨折，最好去其他医院治疗。在接受了紧急处理后，我叫来朋友，他们把我送去了公寓附近的大医院。

深夜的治疗室特别安静，给我诊治的是一位年轻的女医生。"明天让菱田医生看了之后再打石膏吧。"她说，接着又问我事故现场在哪里，我说在涩谷的一条后街上。女医生听后脸色有点发青，垂下了凌厉的眼睛。不过她没有再追问什么，我也就没再说了。

第二天警察来了医院，但我什么也没说，只说"就是一瞬间的事，我什么都不记得了"。尽管我清楚地记得车是白色的，却撒谎说"车好像是红色的"。

菱田医生给我的脚打上了石膏，建议在医院住上两个月，还照着我的要求给我订到了医院里最豪华的单间病房。菱田医生三十五岁，戴着一副银色的细框眼镜，是位肤色比白大褂还白皙的美男子。他说他去过三次巴黎，这让我们立刻熟络起来。

第一晚帮我诊治的女医生之后也经常到病房来，但除了几句医生惯常的叮嘱之外，什么都没说过。到两个月后出院的那天早上之前，我也一直对她不理不睬。

出院的那天早上，我将她叫到病房，对她说"看来警察还什么都不知道啊"，然后告诉她我清楚记得那晚在涩谷后街上从汽车驾驶位上跳下来、在尸体旁弯下腰来的女人的脸。

虽然在 X 光片中我的骨头已经完全愈合，但右腿仍然发麻，所以我那时坐在轮椅上。她冷冰冰地看了我几秒钟，看样子并不惊慌。可能她在第一晚就看出我了解一切却佯装不知，又从我这两个月的沉默里预感到我会以此威胁她吧。

为了让她放心，我故意微笑着说："我不打算对警察说什么。"她问："为什么？""因为这两个月我爱上你了。我只希望你也能爱上我。"我故意说得磕磕巴巴。她看向窗外，过了一会儿，回过头轻轻地说了声"好的"。

她的口红过于浓艳，嘴角露出了一个心照不宣的妩媚微笑。口红的颜色与她的白大褂和面容毫不相称，让她看起来比实际年龄显得老一些。

她推着我的轮椅，将我送到了大门口。那晚她敲响了我的房门。我躺在床上，腿不能动，整个人就像白铁皮人偶。她极尽温柔地爱抚着我的身体，当她的手将我带到快乐的巅峰时，我在心里大声感谢着上帝。但是，那不是因为她积极的手带给了我快乐。

那是因为，我如愿以偿了。上帝在我等待了很久之后，赐给了我一个最好的活祭品。

那天之后，她每晚都会来我这里。半个月后，我已不再觉得她对我的爱是希望我对警察保持沉默而装出来的。在和她有了这种关系后不久，她就对我说她与菱田医生关系不一般，但菱田医生是有妇之夫，而且他们俩那段时间刚好触礁了。

那晚，她又在值夜班时溜回位于涩谷的家去见菱田医生。菱田提出了分手，两人大吵一架后，她飞奔出门，开车返回医院的途中发生了事故。可能她试图通过认真爱我来填补另一个男人即将离她而去的落寞吧。但这些都无所谓，对我而言唯一重要的是，她作为活祭品，比过去那三个都要合适得多。

她本人也犯了重罪。虽说是事故，但她杀了一个人，而且犯罪后逃逸。所以，无论面对什么样的恶魔，她都会出卖自己的心。她当然应该遭到报应。选这样的人作活祭品也减轻了我对自己即将犯下的罪行所抱有的负罪感。从那晚在诊疗室她触碰我的腿那一瞬间开始，我就急不可耐地想尽早将她变为我的牺牲者。

但是，尽管着急，我仍然小心翼翼，出院后也继续等待时机。我一直耐心等待着机会的到来，等待一个她即使一周不去医院，我也无须担心被人怀疑的机会。

一个月后，又是她给了我一次机会。不，不是她，应该是上帝为我创造了一个机会。上帝在六月的那个深夜，在涩谷的后街上，不是把她送给了我，而是为了惩罚肇事逃逸的罪行，将我这个处罚者送给了她。

　　出院一个月后，也就是三天前的早上，她突然来到我这里，一进门就说："我能在你这里住一阵子吗？我决定请五六天假。"我点头答应，抱住她问："怎么了？"她说与医生情人吵崩了，不想再看到那个男人了。然后微笑着对我说："我现在有你，那种男人，怎样都无所谓了。"

　　对她的话，我总是报以微笑。我的手无意识地摩挲着她的身体、她的脖颈、柔软的胸部和细细的手臂。我的脸颊麻木地迎着她吐出的炽热气息，脑子却清醒地盘算着，今晚就得行动起来。是的，今晚就干。不算早了，工具早都备齐了，所有的准备也都就绪了。我从六岁开始就期待着，已经等得太久太久了……

　　那晚，我请她用轮椅推着我，带她去了可以看到美丽的东京夜景的瞭望餐厅吃饭。我是出于好心才这么做的，因为我想将一些美好的事物永远烙印在她的眼中。

　　我们十点回到了家。在床上，我将迄今为止最美的爱抚给了她。她比平时更兴奋，快乐得脸都变形了。她的脸很快又会扭曲成别的样子吧……我暗想。她兴致盎然，嘴里哼着歌，离开我的身体，下床进了浴室。浴室里立刻传来淋浴的水声。一件事完了，另一件事正等着我呢。

我从床上起来，披上睡袍，把她脱下的所有衣服和内衣收起来抱去了走廊。我是自己走过去的。我将这些衣服全部丢进了连着焚烧炉的防尘槽里。其实，两周前我就可以离开轮椅自己行走了。

我敏捷地移动着，迅速回到了卧室。我脱下睡袍，从柜子的一角拿出一柄手斧，紧紧握在了手中。我感觉自己终于亲手握住了斧头那黯淡冷冽的光，还有二十年来的梦想。我内心平静，只是大脑的某处有一个执念，"再不赶紧，猎物就跑了"，这促使我立刻行动起来。我快步走向浴室，打开了门。

水声很大。宽敞的浴室里弥漫着浓雾般的热气。热气中，白色的胴体时隐时现。只有脸部清晰可见，像是从身体上切开了似的。

她一看到我就怔住了，似乎被吓到了，但搞不清是因为看到我自己走了进来，还是手里握着把斧头的缘故。我靠近她，好似在模仿她一般伫立了片刻，接着缓缓向前迈了一步。水声更大了。

我举起了斧头。这一刻她终于意识到即将在这间浴室里发生什么了，她双手捂着脸尖叫起来，因过度惊恐而瞳孔扩散，呆滞的眼球变得如同玻璃珠一般。她已经看到了死亡吧。

砍下斧头的那一瞬间，我看到水珠在她的乳房上闪烁，仿佛从她身体里冒出的金色凝脂。白色热气中，红色液体像喷泉一样喷涌而出，不过只在顷刻之间。接下来我再次挥动斧头，朝着二十年的梦，朝着一具肉体，朝着我憎恨的全体人类砍了下去。

浴室里四处飞溅的鲜血不过是我梦想的序章，我想尽快开始梦想中更重要的部分，于是决定三天后进行初次品味。

为此，我决定举办一个晚餐会，把在日本认识的朋友都喊来。我要亲眼看看大家对这个味道做何反应。地点当然是在我家。

菱田医生也是被招待的客人之一，他因为手术迟到了二十分钟，我们在餐桌旁就座时已经七点半了。六个日本人，四个法国人，一个美国人，加上我，一共十二个人围着餐厅里的大圆桌坐了下来。

"再多一个人，就变成最后的晚餐了。"平时就能说会道的Jacklinu一本正经地说。

她开玩笑时必定表情平静。实际上，她讲的笑话也从未把人逗笑过。这次也一样，没有一个人笑。不过我的嘴角浮出了淡淡的微笑。

她当然不知道，其他人也不知道，这个房间里还有第十三个人。餐桌上摆着普通的菜，只有正中间露着白色桌布，像一个裂开的大洞。

我从早上就在精心烹制的主菜此时盛在一口大铜锅里，正在厨房的炉子上炖着。黄色花粉从花瓶里的百合花上落下，落在了白色桌布上。花是荣子带来的，她曾是备选的活祭品之一。

"不，的确是最后的晚餐呢。这房间里本来就是十三个人啊。"荣子突然这么说。

说完，她隔着花别有意味地盯着我。她知道日本女人在外国人眼里很神秘，为了突出这种神秘气质，她经常用这种眼神看我。

一被她这么盯着看，我就感觉自己的眼神会变得忧郁冷漠。这次也一样。过了三秒钟，她说道："因为杰克你既是耶稣又是犹大，对吧？"

她笑了起来。

我记起她有次在床上对我说："你跟我小时候想象中的耶稣一模一样。"

那时她还以为我是个温柔的男人，而去年年底我突然在电话中冷漠地跟她提出了分手，所以现在她肯定觉得我是个比犹大还要可恶的叛徒吧。的确，这一晚的我既是圣人又是恶魔，但并非因为我在温柔地爱过一个女人后又将她像纸屑一样丢弃了。

我没有理睬她，拜托一位同样来自法国的年轻留学生帮我从厨房里端出那口锅。那个年轻人颇为费劲地把锅端了出来，放到了餐桌的正中间。锅放下时力度有些猛，溅出来了一点汤汁和一片肉，白色的桌布染上了一块褐色的污渍。

"等下我来洗，没事的。"荣子说道。她好像误会了，以为我时隔半年给她打电话是想和她重归于好，因此对我有些过于亲昵。在其他客人面前也表现得像个女主人似的。

她亲手将肉分到了大家的碟子里。十二个人的脸全被白色的热气以及香辛料神秘的浓郁香气笼罩。过了一会儿，大家才恍然大悟似的碰杯干杯。

我高声喊着"干杯"，将深红色的葡萄酒一饮而尽，声音盖过了所有人。没人知道我们为何干杯。

首先吃下肉的是一位十九岁的日本学生，他在跟我学法语。看到他洁白的牙齿咀嚼着，接着喉咙动了，我知道肉已经缓缓地落入他的胃里了。

他用法语说了句"好吃"，发音一本正经，好像在上法语课似的。

晚餐会的气氛有些尴尬，因为有两个日本人不会法语，还有两个法国人不会日语。

他们四个一直沉默不语。几位能够交流的客人交替讲着笑话，但一看到那四张毫无表情的面孔，还没笑出来就讲不下去了。

但是，若从菜的味道来说，晚餐会又是成功的。每个人都毫不吝惜地盛赞那锅用二十种香辛料炖出来的肉。不到三十分钟，锅里的东西全都进了客人们的胃。

我尤其关注菱田医生的反应。他是一位美食家，甚至出过一本有关烹饪的书。因为想知道他如何评价肉的味道，所以我专门邀请了他。

开始时他只是默默地咀嚼着，但眼镜下的双眼瞬间露出了惊愕的神色。他用餐巾擦掉唇边的汤汁，立刻问我："这是什么肉？"

"是羊羔肉吗？"美国姑娘杰西说道，"我吃着像羊羔肉。"

"不对，不是羊羔肉。我是第一次吃这种肉。"

菱田医生的舌头能够准确品出波尔多红酒的年代，仅仅吃了一口就知道这不是普通的肉。我配合着他的表情，故作严肃状，随即说出了Ｓ君你的名字。

"和他在巴黎吃的是同一种肉哦。"

就像Jacklinu讲的笑话一样，我的话也没能逗笑任何一个人。大家瞬间沉默了。一位正要将肉放进嘴里的日本姑娘停住了手，叉子叉着的薄肉片像一片破损的落叶一样垂了下来。

几个人用责备的眼神望着我，当然不是因为相信了我的话，而是因为我在吃饭时讲了个不合时宜的笑话。这时美国姑娘杰西突然大笑起来，她的笑声帮我解了围。

"巴黎的那起事件我很佩服呢。他是女性的赞美者哦。牛和猪都可以吃，却说吃女性让人恶心，这是对女性最大的侮辱。"她说道。

接着，我也笑了起来。

"是羊羔哟。将普通的羊羔肉用醋和橄榄油泡一个月，再放到太阳下面晒半天。不过，关键问题是香辛料。"

接着，我又对洗耳恭听的菱田医生胡乱编造了一通烹饪方法。医生满意地点了点头，说要尽快试一试，我也劝他"一定要试试哟"。一个月后，等他发现我教的烹饪方法是胡说八道时，一切都已经结束了吧。

我当然也吃了那个肉。只是可能因为过于关注客人们的反应，没太留意肉的味道。

不过，至少不是我从六岁开始追求了近二十年的梦想中的味道。无论口感还是味道，都没什么特别之处。

在座的十一位男女都津津有味地嚼着，脸上露出看似幸福喜悦的神情，我的失落因此被填补了。他们的嘴与六岁那个节日庆典时父母及阿姨等人的嘴重叠在了一起，我感到一股与那时的痛苦相近的热浪涌上了胸口。尽管过去了二十年，我却依然是个六岁的孩子，同样被一群面孔包围着，和那时一样孤独。

饭后，我们坐在与餐厅相连的客厅的沙发上喝咖啡。我问医生："那个美女医生现在怎么样？"

这是我请医生来的另一个目的。医生正了正眼镜，目光躲闪着，说："她有事请了几天假。"然后马上转换了话题。从他那内疚的表情来看，明显以为女人的突然消失是因为和自己发生了争吵的缘故。

这样的话，暂时应该没问题吧，我这么想着，朝厨房望去。杰西又把冰箱打开了，这已经是第三次了。美国人怎么这样呢，竟然随便打开别人家的冰箱。

冰箱里放着被切成薄片的那种肉，但我丝毫不担心。刚刚做完手术的菱田医生或许能看得出那是什么，但杰西绝对看不出来。

而且，冰箱里只有一碟肉。我为这一天的晚餐会准备了两碟，最后只吃了一碟。我只加工了一部分躯体，剩下的大部分还保留着人体的模样，被我放在房间里一处绝对不会被人发现的地方。

杰西没跟我打招呼，就拿出姜汁汽水喝了起来。这时我又碰巧看到日本青年试图打开卧室门。我的心脏怦怦直跳，连心跳的声音都变得尖厉起来。那扇门从外面锁着，但门内的黑暗中躺着第十三个人。日本青年好像只是把卧室当成卫生间了，很快便走开了。我表情僵硬，引来医生怀疑的一瞥，但我一对他微笑他就像被传染了似的也跟着笑了。

为什么那扇门上了锁？他，还有其他任何人似乎都不曾想过这个问题。

十点过后下起了小雨，昏暗的窗玻璃上雨滴闪烁。大家纷纷准备回去时，在浴室洗餐桌桌布的荣子回到了客厅。

"杰克，你在地砖上打了什么蜡？"荣子问道，"地砖上到处都沾着白色的油脂。我专门洗了手，你看，还是黏糊糊的。"

她把手贴到我脸上。手缩回去后，我的脸上还残留着黏黏的感觉。我像从前那样，温柔地握住她的手说："每周来一次的钟点工错把汽车车蜡拿来擦地砖了。"

客人们都陆续告别回去了。一位客人临走前说想用一下电话，我拒绝道："电话出故障了。"其实电话是三天前我亲手搞坏的，现在已经用不了了。

荣子是最后一个离开的。她好像想跟我共度必须回家前的一个小时，但我以疲惫为由让她回去了。门关上的那一瞬间，她的眼神看起来脆弱而忧郁。

我从里面将门牢牢锁上了。偌大的房间里一片寂静，似乎回荡着庆典结束后的冷清落寞。的确，刚刚就是一个庆典。不过，充满血腥的庆典也只是完成了梦想的第一章，还留下了一盘肉。

我走进卧室，打开门。卧室里一片漆黑，我摸黑找到了墙上的开关。

只有床头柜上的台灯亮了。透过灯罩的微弱灯光照亮了床，还有躺在上面的赤裸人体。皮肤又白又硬，如同石膏一般，睁着的眼睛像玻璃珠似的，呆滞地仰望着天花板。

"结束了。"我咕哝了一句，仿佛在对她说。枕边的表停了，指针指向四点二十三分，一个毫无意义的时刻。已经快十点半了吧。终于从三个小时的紧张状态中解放出来了，我筋疲力尽，刚才几乎晕倒在众人面前。

窗开着，秋夜随秋雨潜入了房间。卧室里冷冰冰的，仿佛深埋在地下的巨大棺木。事实上，房间里还有一个置身于黑暗与光亮交错之中的死亡——今晚的客人都没有看到的死亡……

我在那个身体旁呆坐了许久。不知何时雨势变大了，雨声让我终于回过神来。我又咕哝了一遍"结束了"。她缓缓地、静悄悄地坐起了身，然后木然地盯着我看了一会儿，说道："麻药的药效就要过了。"她动作生硬地下了床。我坐在轮椅上，她在我的脚边蹲了下来，问我："不疼吗？"

医生特有的腔调，冷冰冰的，我住院时都听惯了。在体验了三天的地狱生活之后，她似乎决定还是用医生与患者来概括她与我的关系，否则无法逃脱现在的恐惧。她的眼神充满绝望，皮肤惨白，毫无血色，看起来像一个死人，尽管即将死去的人是我……

她揭掉了前三个小时一直盖在我膝上的格子毛毯。我穿着短裤，但短裤下的两条腿已经不在了。一条腿已经消失在含我在内的十二个人的胃里，另一条在冰箱里。两条腿之外，剩下的躯体正在轮椅上坐着。

我的死只能完成梦想的第一章。

亲爱的S君——

那是我二十年来的梦想。六岁时，在尼斯的餐馆，"可爱的犹大"被十二个嘴里嚼着肉的家人包围着。那时我就想，那肉如果是把我身体剁碎的肉就好了。如果是精神科医生的话，肯定会将那时袭击我的莫名欲望同我对家人的憎恶联系在一起。

我是如何被那个欲望所折磨的，已经没有必要再重复了吧。我时常痛苦地想，即便是有关人肉的欲望，上帝给我的欲望如果是想吃别人的肉，那该多好啊！那样就简单多了。因为只要做好承受杀人犯和食人魔两个恶名的思想准备，就能轻易地把任何一个走在街上的人当成牺牲者。然而，我所期待的牺牲者，也就是所谓的活祭品，是把我吃掉的人。是因我而犯下

"吃掉同类"这一严重罪行的人。S君，在你出现之前，我一直认为在这个文明已烂熟的时代里，在这个人只能为人的时代里，不可能存在那样的人。六岁时，随着那个欲望日渐清晰，我终于放弃了自己的生命。我时刻准备着。但是，会有人愿意切碎我的身体并将我吃掉吗？我试图制造事件，却一直缺少愿为我犯下如此重罪的加害者。我的欲望也因此总是萦绕着一种被冷落的寂寞。但就在那时，你跟那起事件一起出现了。你的事件给了我莫大的勇气，让二十年来迟迟无法实现梦想的我，看到了梦想成真的希望。

三个月前，我终于找到了我的加害者。

三天前的晚上，我在浴室里，对着向前迈出一步的自己的右腿挥下了斧头。右腿干脆利落地离开了我的身体，紧接着，我又一次砍向自己的左腿。在随即而来的可怕休克带走我的意识之前，我用最后的力气对她说了一句："所有的医疗器械都放在卧室的柜子里，用那些东西为我治疗。如果你联系警察和医院的话，我就揭发你肇事逃逸。"那肯定是我说过的最流畅的日语。为了这一刻，我事前进行了反复的练习。我说完便晕了过去，面对眼前突然出现的这一幕，她一度不停地尖叫，但很快显示出身为医生的果敢，飞快地朝卧室跑去。大约三十分钟后，我恢复了意识，发现自己赤身裸体地躺在浴室里，连着躯体的双腿只剩下大约十五厘米的长度。因为打了麻药，砍断的部位血已经止住了。两条被砍下的腿傻愣愣地横在我身体的不远处，就像两根棍子。

之后的两天我一直躺在床上。麻药药效一过我就疼得死去活来，但我忍着剧痛说服了她，为此几乎付出了性命。我对她坦白了自己的欲望，请求她作为我的加害者。我想要制造的事件，存在着一个巨大的障碍。

我可以亲手砍断自己的双腿，但身体的其他部位只能指望别人来处理。我把她选为加害者的原因就在于此。因为她是名医生，做过手术，面对这种场面时，恐惧感可能比其他人轻很多。从两层意义上来说，那次车祸都如同天赐良机，不仅给了我一个坐轮椅的绝佳理由（今晚的晚餐会是好久之前就计划好的），还为我提供了一个对鲜血和切开肉体习以为常的人。

但她不停地摇头，拒绝了我的请求。我不仅威胁她，"那我就向警察告发你肇事逃逸"，还流着眼泪哀求她。最后她可能意识到赤裸的自己根本无法逃出这个与外界断了联系的房间吧，终于在今早答应我帮我把肉体切成薄片。

但她顽固地拒绝吃我的肉。"你应该吃。你应该忍受吃我的痛苦。因为这是对你杀害他人并弃之不顾的惩罚！"我大喊。随后又求她："我是目击者。你想把我除掉吧？我会说我是自杀的。为了掩盖罪行，你就学巴黎的那个日本留学生那样做就行了。不会留下任何证据的。"

但她一个劲儿地摇头，眼眸里浮现出深不见底的绝望。最后，在未经她同意的情况下，我举办了今夜的晚餐会，通过十一个人的嘴完成了梦想的第一章。

现在，我在写信，她就躺在我旁边的沙发上，累得睡着了。睡着的脸上还挂着陪葬者的愤怒与悲伤。与此相反，此时正奋笔疾书的我格外平静。在我这一生中，只有这次的平静是未经伪装的。在她睡着前，我已经让她答应明天将我的双臂斩断。而且，她还答应了我一件事，这让我特别高兴。今夜的晚餐会非常成功，或许让她觉得这是一个逃脱犯罪的最佳方法吧，她向我保证虽然她自己不吃，但会像今晚一样做给别的人吃。当然，她会把最后一片肉处理完——

双臂离开身体之时，恐怕就是死亡来临之日。我无法保证在那之后她会不会严格遵守先前的约定，但我相信她。不，不是相信她，我相信上帝。我在信中屡次提到"活祭品"一词，其实我才是上帝的活祭品啊。上帝应该会让她信守对我的承诺吧。

而且，我已经让她答应砍断我的双臂了，这等于她又犯了新的罪行。要想隐匿证据，用我推荐的方法最合适，她会发现这一点的。这是一场赌博，对我来说，能做到这个程度，我也该满意了。

我同时还设了一个赌局，就是这封信。写完后我想把它顺着窗户丢到路上。如果谁能捡到并帮忙投到邮箱，信就会送到收信栏里写着的、你现在在巴黎的住处。当然，因为你住在特别的地方，这封信可能会接受检查，你恐怕无法直接看到它。检查者也许会对信的内容感到震惊，进而送到警察那里。这件事迟早会人尽皆知，到那一步至少需要一个星期吧。一个星期后，我的梦想应该已经经由她的手彻底实现了。

但如果发展成那样，就等于我背叛了与她的约定，让警察逮捕了她。可也没办法，是她自己选择作一个罪人。从杀掉一个男人并弃之不顾的那一刻起，她就成了一个迟早会遭到惩罚的罪人。

罪——我在信中曾多次提到这个字。我知道自己是一个犯下了可怕罪行的罪人。我的行为等于自杀，虽然在日本的法律中不属于犯罪，但在我信仰的上帝的世界里，这是和杀人同等严重的罪恶。由此而来的负罪感究竟有多么折磨我，我认为像你这样的人理解不了，因为你不是在信仰上帝的世界里长大的。

我在信中还写道，我想制造的这起事件和你的事件是相同的。从人吃同类这点来看，毫无疑问，从结果上看我的事件和你的事件是相同的，但我们在整个过程中所持的立场却是完全相反的。而这也是我将你称为"亲爱的朋友"的原因所在。

S君，你也已经意识到了吧，我和你是应该相遇相识的朋友。上帝造了想被人吃掉的我，和能够吃人的你。其实我们原本可以签一个协议的。但是，上帝又开了一个小小的玩笑，将你我强行分开了。让你成了一名远渡法国的日本留学生，让我成了一名来到日本的法国留学生。

我应该留在巴黎。那样的话，我肯定能遇到你，并与你结下真正的友谊。我之所以认定活祭品必须是女人，我想是因为花一般美丽的阿姨在少年时代给我留下的印象太深刻了。其实男人也行啊。S君，如果是和你的话，我觉得我们会达成一个完美的约定。小时候，我的朋友只有割掉了自己耳朵的凡·高的自画像，但两年前，我终于有了真正的朋友。我想把我的最后一片肉送给你吃，但这显然是不可能的。那就让和你同一国度的人吃掉它吧。

亲爱的Ｓ君，最后，我想再一次饱含深情地这样呼唤你。

我现在正用即将离去的手臂给你写这封信。太遗憾了！能够写下来的内容太有限了，仅仅是我的死亡被部分完成的第一章。下一章，我二十年来的梦想将得以完全实现，可惜我无法见证了。

事件的第二章应该会与我的彻底死亡同时开始吧。

著作版权合同登记号：01-2022-6629

图书在版编目（CIP）数据

瓦斯灯 /（日）连城三纪彦著；吴春燕译 . — 北京：新星出版社，2023.6
ISBN 978-7-5133-5197-3

Ⅰ . ①瓦… Ⅱ . ①连… ②吴… Ⅲ . ①短篇小说 - 小说集 - 日本 - 现代 Ⅳ . ① I313.45

中国国家版本馆 CIP 数据核字 (2023) 第 049963 号

午夜文库
谢刚 主持

瓦斯灯

[日] 连城三纪彦 著；吴春燕 译

责任编辑 赵笑笑
责任校对 刘 义
责任印制 李珊珊
装帧设计 @broussaille 私制

出 版 人 马汝军
出版发行 新星出版社
　　　　　　（北京市西城区车公庄大街丙 3 号楼 8001　100044）
网　　址 www.newstarpress.com
法律顾问 北京市岳成律师事务所
印　　刷 北京汇瑞嘉合文化发展有限公司
开　　本 910mm×1230mm　1/32
印　　张 5.5
字　　数 85 千字
版　　次 2023 年 6 月第 1 版　　2023 年 6 月第 1 次印刷
书　　号 ISBN 978-7-5133-5197-3
定　　价 45.00 元

版权专有，侵权必究。如有印装错误，请与出版社联系。
总机：010-88310888　　传真：010-65270449　　销售中心：010-88310811